D1189133

LES S.O.B.

SOLDIERS OF BARRABAS :

● LIAM **O'TOOLE**, IRLANDAIS, 37 ANS, EXPERT EN ARMEMENT ET EN EXPLOSIFS.

● CLAUDE **HAYES**, NOIR AMÉRICAIN, 38 ANS, EXPERT EN OPÉRATIONS DE SABOTAGE.

● NATHANIEL "NATE" **BECK**, JUIF AMÉRICAIN, 33 ANS, SPÉCIALISTE EN ÉLECTRONIQUE ET EN INFORMATIQUE.

● EMILIO **LOPEZ**, HISPANO-AMÉRICAIN, 27 ANS, EXPERT EN ARTILLERIE LOURDE.

● ALEX **NANOS**, GRÉCO-SLAVE AMÉRICAIN, 40 ANS, SPÉCIALISTE DE LA GUÉRILLA.

● BILLY II (WILLIAM **STARTFOOT II**), INDIEN D'AMÉRIQUE DU NORD, 33 ANS, PARACHUTISTE.

● LEONA **HATTON**, SEULE FEMME DE L'ÉQUIPE, 31 ANS, MÉDECIN ET EXPERTE EN ARTS MARTIAUX.

S.O.B.

CAUCHEMAR EN SIBERIE

JACK HILD

**Traduit de l'américain
par P. Checa**

HUNTER

*Cet ouvrage a été publié en langue anglaise
sous le titre :*

GULAG WAR

© 1985, by Worlwide Library
© 1986, traduction française : Edimail S.A.
53, avenue Victor-Hugo, is XVIe - Tél. 45.00.65.00.
ISBN 2-280-17004-3

1

Anatoly Léonov dépassa les portes du camp pour s'enfoncer dans l'obscurité glaciale. Il était cinq heures du matin. Le col relevé de son épaisse veste de prisonnier lui protégeait le cou, tandis qu'une vieille écharpe mitée l'emmitouflait du menton jusqu'aux yeux. Il avançait, entouré par de nombreux autres hommes pareillement vêtus, tous esclaves au même titre que lui. Leurs pas alourdis par les grosses bottes et l'épaisse couche de neige crissaient à l'unisson dans la poudre blanche. Le sifflement strident du vent arctique et le cliquetis régulier des chaînes reliant les chiens de garde aux agents du KGB semblaient narguer le silence des prisonniers.

D'une main, Léonov protégeait ses yeux des minuscules aiguilles de glace soulevées par le vent. Derrière le halo des projecteurs de la tour de garde et au-delà de l'étendue sombre du marais glacé, de petites lumières illuminaient une colline basse.

C'est là que se trouvait VS 397-32, le camp principal.

La gorge de Léonov se noua douloureusement.

De tristes souvenirs surgissaient en lui. Deux hivers plus tôt, par une même matinée de tempête, le célèbre biologiste et son ami, Valentin Vasilyev, entamaient leur longue peine de dix ans de travaux forcés. A cette époque, Vasilyev, à la vue de la colline illuminée, n'avait prononcé qu'un seul mot :

— Xanadu.

Et par ce simple mot, le professeur de philosophie avait résumé l'insignifiance de leurs rêves de forçat, la vraie mesure de leur dégradation.

Des larmes gelées provoquées par un écrasant désespoir roulaient le long des joues barbues de Léonov. La gaieté amère, l'humour incisif, l'amitié précieuse qui allégeaient le poids de leur emprisonnement, avaient disparu la veille avec Valentin Vasilyev. Celui-ci était parti dans la matinée avec l'équipe chargée du bois, mais ne se trouvait plus avec elle à son retour le soir.

Léonov ne se faisait aucune illusion. Son ami était mort. Chaque soir, après une très rude journée dans les forêts, les *zeks* retrouvaient avec soulagement leurs cellules délabrées, leurs punaises et leur nourriture putride. Ironie du sort, leur sordide camp de prisonniers, « Slash Un », représentait leur unique protection contre Siberia, le tueur. Plusieurs détenus avaient disparu l'hiver précédent. La plupart n'étaient jamais retrouvés. Certains, après la fonte des neiges, avaient été découverts, leurs os brisés éparpillés çà et là sur le sol de la taïga. Et l'on savait qu'ils avaient été dévorés par les bêtes sauvages.

Léonov, tel un zombie, marchait péniblement au milieu des autres prisonniers. Malgré l'engourdissement de son corps, son esprit scientifique, rationnel, déductif, continuait à décortiquer chaque éventualité et en arrivait inéluctablement à la même et douloureuse conclusion. Vasilyev n'était pas du genre *dokhodyaga*, un perdant, un type fini. Bien qu'il eût enduré de pénibles privations de nourriture et un travail exténuant pendant plus de deux années, il conservait encore une forme physique relativement bonne. A moins d'un grave accident, il aurait eu suffisamment de force pour parcourir avec l'équipe les quatre kilomètres qui le séparaient du camp. Léonov avait interrogé quelques prisonniers politiques, « prisonniers de conscience », à propos de son ami. Mais personne n'avait vu ni entendu quoi que ce soit.

Le cohorte de prisonniers traversait à présent le pont de bois au-dessus de la surface gelée du vieux marais. Il avait été construit pour faciliter le passage en été, lorsque le liquide sulfureux devenait infranchissable. Ils avançaient en rangs serrés, par groupes de cinq. Les plus faibles marchant en tête pour abriter les plus costauds des rafales de vent. Les gardiens s'étaient placés derrière le groupe. Léonov, au premier rang, près du bord de la passerelle sans parapet, était le plus exposé de tous. Non pas pour sa faiblesse, mais par inattention : il sombrait dans un abîme de souvenirs et d'affliction. Léonov était parvenu au milieu du pont lorsqu'il reçut un violent choc derrière le genou droit. Tandis que sa jambe fléchissait, un nouveau coup porté contre son flanc gauche le projeta violemment sur la surface gelée du marais.

Il resta étendu l'espace de quelques secondes,

raide, abasourdi, incapable de reprendre son souffle. Celui-ci lui revint dès que la paralysie s'estompa. Au-dessus de lui, le ciel noir et oppressant semblait vouloir l'écraser. Ce n'était pas le moment de se chercher d'éventuelles blessures. La panique aidant, il roula sur le ventre, s'agenouilla et essaya de se remettre debout. Sa jambe droite ne supporta pas la tentative et il tomba à nouveau, face contre terre, puis poussa sur ses bras pour se tenir à quatre pattes.

Les autres prisonniers s'étaient immobilisés pour observer la scène. Leurs silhouettes groupées se dessinaient dans la nuit vaguement éclairée par la lumière blanche émise des projecteurs de Slash Un. La vapeur dégagée par les respirations tourbillonnait en petits nuages aussitôt désagrégés par les bourrasques.

Personne ne lui offrit de l'aide.

Les gardes ordonnèrent aux prisonniers de reprendre leur marche.

Léonov rampa vers le pont. Il devait y retourner avant que les gardiens ne s'aperçoivent de sa chute. S'il n'y parvenait pas, il serait alors considéré, en terme technique, comme « réticent au travail » et les gardes auraient toute liberté d'utiliser contre lui les chiens ou les fusils d'assaut AKR. Il se traîna jusqu'au bord du pont et s'y agrippa. Ce fut alors qu'une terrible pression lui écrasa les doigts.

Une botte.

Léonov se tordit de douleur mais fut incapable de dégager sa main.

— Tu devrais faire plus attention, camarade, fit une voix graveleuse au-dessus de lui.

La voix et la botte appartenaient à Kruzhkov, l'homme qui s'était attitré le rôle de régenteur de travail de Vasilyev. L'énorme, l'imposant condamné était un *pridurok*, un privilégié. Ses compagnons de cellule le qualifiaient en des termes plus précis et bien moins élogieux de « dégénéré » ou d'« ordure ».

Il obtenait des privilèges spéciaux et certaines faveurs en échange de services rendus aux gardiens du goulag, faisant officieusement respecter une discipline qui n'avait qu'un très lointain rapport avec les règlements de détention. Pour le petit groupe de prisonniers de conscience à Slash Un, la domination de Kruzhkov et des autres criminels endurcis faisait partie intégrante de leur peine, au même titre que leur exposition aux éléments naturels et leur incessant labeur.

— Faut faire attention, sinon tu risques d'avoir un accident, continua Kruzhkov en écrasant davantage les doigts de Léonov qui craquèrent comme du bois sec.

Léonov put sentir ses phalanges se séparer et réprima un hurlement, la mâchoire serrée.

Impatients de retrouver le confort de leurs cabanes chauffées sur la zone d'abattage du bois, les gardiens balancèrent quelques coups de matraques pour se frayer plus rapidement un passage jusqu'à la cause du blocage. Tandis que les prisonniers s'écartaient, Kruzhkov relâcha la pression de son pied, se pencha en avant et attrapa Léonov par le poignet avant de le hisser sur le pont.

Pendant un court instant, le scientifique dévisagea Kruzhkov. Les petits yeux sombres et sournois de la brute dansaient avec délectation. Avant même que Léonov ait totalement retrouvé son équilibre, il le poussa en avant pour le replacer dans les rangs. Un peu plus loin, Léonov se retourna avec prudence tout en maintenant sa main broyée. L'ordure avait déjà rejoint les gardiens irrités.

— Aucun problème, assura-t-il. Ce crétin s'était endormi en marchant. Mais je sais comment réveiller ces types... Il pourrait prendre la place de l'homme que j'ai perdu hier.

— Continue ta route ! ordonna un des soldats.

Ils se moquaient bien de savoir quelle part du travail effectuait Léonov. Tout ce qui comptait à leurs yeux était que la quantité d'arbres nécessaire soit abattue chaque jour, et que rien ne les écarte du confort de leur cabane jusqu'au moment de la vérification du travail.

— T'as entendu ? lança Kruzhkov en bousculant à nouveau Léonov. Avance !

Le biologiste progressa d'une démarche claudicante, forçant son genou à plier et à supporter son poids. La respiration saccadée, il marmonna quelques prières désespérées. Elles furent apparemment entendues : plus il avançait et plus cela lui était facile. Il savait qu'il tiendrait le rythme jusqu'à la forêt.

Kruzhkov le talonnait.

— Notre célèbre scientifique est aussi un célèbre fou ! lâcha-t-il d'un ton moqueur, en parlant suffisamment fort pour être entendu des autres *zeks*. Il a été envoyé en vacances avec nous parce qu'il posait trop de questions à propos de vauriens, de fomenteurs de troubles et de traîtres. Après deux ans, il n'a toujours pas appris à fermer sa grande gueule. Il y a encore des questions auxquelles il lui faut des réponses. Aujourd'hui, célèbre camarade, ton cher ami Kruzhkov va te donner la leçon que tu es venu apprendre ici.

Léonov savait qu'il valait mieux ne pas répondre afin d'éviter un nouvel « accident ». Etant donné les conditions de vie, le froid et le système, même une blessure sans gravité pouvait devenir fatale. Il n'y avait ni médecin ni infirmière dans le camp, et l'aspirine restait le seul médicament en usage. Si une plaie était suffisamment sérieuse et s'infectait au point qu'un *zek* ne puisse effectuer son travail journalier, celui-ci était alors considéré comme « inutile » et ses rations diminuaient de moitié. Les inutiles n'avaient pas la permission de retourner se coucher dans les baraques après le repas du matin. Ils passaient donc la journée à traverser différents stades de délire sur le plancher mal chauffé de la cantine. Certains ne tenaient pas une semaine.

Les plus chanceux.

Léonov observa les hommes qui l'entouraient. Non pas les voleurs ni les meurtriers, mais les prisonniers politiques. Ces hommes braves qui, en dépit des risques qu'ils couraient, avaient à plusieurs reprises crié haut et fort ce qu'ils pensaient de la politique gouvernementale.

Les détenus entamaient la pente de la colline tête basse, ventre vide, déterminés à survivre une journée de plus en enfer, quel qu'en soit le prix, croyant fermement que cette attitude était la seule qui les séparait des « inutiles », des « finis ». Tout comme son ami Vasilyev le pensait de son vivant, Léonov savait qu'il n'existait aucune distinction. A Slash Un, le processus transformait les hommes en animaux, les animaux en pierres et les pierres redevenaient des bêtes. Et ainsi de suite, le procédé ne prenant fin qu'à l'achèvement du « régime spécial », lorsque la volonté de vivre était écrasée.

Quant à la majorité des criminels de Slash Un, ils obtenaient pratiquement tout ce qu'ils voulaient dans les limites du camp. Ils avaient la liberté de disposer des prisonniers de conscience, de leur voler leurs rations et leur argent et de les violer — il n'y avait pas de femmes dans les camps à régime spécial. Ils effectuaient le moins possible de travail et ne souffraient pas de la faim car leur coopération était nécessaire au bon fonctionnement du système. Leurs seules tâches physiques se limitaient à l'abattage du bois.

Léonov et les autres n'obtinrent leur première pause de la matinée qu'une fois arrivés sur l'aire d'abattage. Les soldats allumèrent des projecteurs et déverrouillèrent la resserre à outils. Pendant que les « collaborateurs » distribuaient le matériel — scies, tronçonneuses et haches — les *zeks* attendaient en rang, résignés. Bien qu'ils aient stoppé leur progression, les prisonniers continuaient à bouger, sautillant d'un pied sur l'autre pour conserver la chaleur de leur corps, comme s'ils effectuaient une danse. La danse des condamnés.

Arrivés à la hauteur de Léonov, les collaborateurs n'avaient plus d'outils à distribuer. Cela ne signifiait pas pour autant qu'il n'aurait rien à faire. Ceux qui n'étaient pas outillés devaient utiliser ce que Dieu leur avait donné : leurs mains, leurs jambes et leur dos.

Kruzhkov envoya un large sourire aux gardiens qui rejoignaient leurs cabanes, puis grogna :

— Les traîtres, venez ici !

Les prisonniers de conscience se regroupèrent. En tout huit hommes, dont Léonov, se regroupèrent devant lui.

— Hier, vous m'avez déçu, commença Kruzhkov. J'ai cru en vous et vous m'avez laissé tomber. Par votre faute, j'ai perdu cinquante roubles. Aujourd'hui, avec l'aide du camarade Léonov, vous allez réussir, et je vais récupérer mon argent avec intérêts. Vous savez ce que j'attends de vous, alors allez-y !

Ils ne savaient que trop bien ce qui les attendait.

Léonov, comme ses compagnons, jeta un regard effrayé sur le grand sapin. La chose était réalisable, mais avec de nombreuses heures de travail douloureux et de souffrances. Les *zeks* s'alignèrent sur un côté du tronc et commencèrent à pousser. Les branches du sommet déversèrent leurs couches de neige sur leur tête, mais évidemment, la base de l'arbre ne bougea pas d'un centimètre. Les prisonniers changèrent alors de position et renouvelèrent leurs efforts. C'était un travail stupide, inhumain. Les racines restaient fermement bloquées dans le sol glacé.

Ils continuèrent en rythme, inlassablement.

Quand le soleil de l'hiver sibérien étala sa fade lumière de midi, les prisonniers furent alors autorisés à marquer une pause. Autour du tronc, la neige était depuis longtemps transformée en une bouillie sombre.

Léonov s'installa auprès des autres et observa discrètement Kruzhkov qui supervisait le travail effectué. La brute gonfla son énorme poitrine, l'œil furieux.

— Au train où vous allez, cracha-t-il, il va vous falloir une semaine pour arracher cet arbre ! Je le veux déraciné avant ce soir. Et pour vous prouver la confiance que j'ai en vous, je ne vais m'occuper que des autres groupes de travail après avoir doublé mon pari avec le chef de l'équipe.

Les prisonniers n'émirent aucune protestation, aucun grognement. Léonov fixa le bout de ses bottes, se demandant si Kruzhkov avait réellement parié. Il en doutait.

— Toi, Léonov, interpella le molosse, suis-moi. C'est l'heure de ton éducation. Les autres, retournez au boulot !

Le biologiste se redressa et s'engagea derrière Kruzhkov, encore étourdi et les jambes molles ; pas seulement à cause de l'effort fourni dans la matinée. Il avait compris que sa vie allait être en danger.

Au lieu de se diriger vers la clairière, où les prisonniers de droit commun établissaient généralement leur feu de camp, Kruzhkov s'enfonça davantage dans la forêt, empruntant un chemin inconnu de Léonov. Il allait être puni pour avoir posé des questions à propos de la disparition de son ami. Un combat inégal entre un biologiste sous-alimenté de soixante-dix kilos et un poids lourd expérimenté et au mieux de sa forme allait avoir lieu. D'ordinaire, une punition nécessitait une escouade de criminels et de malfrats. Quatre ou cinq pour maintenir la victime, un autre pour porter les coups.

Si je n'oppose aucune résistance, pensa Léonov, si je pousse des cris à chaque coup, j'aurai des chances de m'en sortir assez bien.

Puis, une odeur agréable lui parvint. Des gardiens avaient dû abattre un gibier et le faisaient rôtir.

— Ça sent bon, hein ? fit Kruzhkov en poussant Léonov devant lui.

Ses petits yeux vicieux pétillaient de plaisir.

— Je vais te dire quelque chose, camarade, si tu tiens encore debout après ta leçon, je veillerai à ce qu'il te reste un petit morceau de bidoche. C'est pas une bonne intention, ça ? Hein ?

Les espoirs cachés du scientifique s'évanouirent brusquement. Kruzhkov n'avait, à coup sûr, aucune intention de lui laisser la moindre chance.

Ils parvinrent bientôt à proximité d'un groupe de malfrats installés autour d'un feu ronflant, buvant de l'alcool de contrebande et regardant leur repas en train de rôtir. Ce n'étaient pas les gardiens qui avaient tué un gibier. Pour Léonov, l'absence de gardes signifiait qu'on allait « s'amuser avec lui ».

A ce stade, le morceau de viande n'était pas identifiable. La masse grillée était embrochée sur une longue pointe en bois.

Léonov n'avait pas mangé de viande fraîche depuis deux ans et sa bouche saliva abondamment. Ce n'était pas la réaction d'un homme instruit et bien éduqué, mais celle d'un chien.

Kruzhkov agrippa l'épaule du biologiste.

— Regarde par ici, fit-il en désignant du doigt un des arbres, de l'autre côté du feu.

Léonov ne distingua pas immédiatement ce qui pendait d'une grosse branche. Peut-être la carcasse de l'animal qu'ils ont tué, pensa-t-il. Puis la fumée qui faisait écran se dispersa et Léonov put voir. La masse sanguinolente était accrochée par une jambe. L'autre avait disparu, coupée au niveau de l'articulation.

Il n'avait pas pensé que Kruzhkov détenait la réponse à ses questions, ni que la réponse qu'il cherchait pouvait être bien pire que toutes celles qu'il avait imaginées.

— Tu as faim ? demanda Kruzhkov.

Mais l'appétit du scientifique avait brusquement fait place à l'horreur. La silhouette accrochée dans l'arbre n'était autre que celle de Valentin, renversé, nu, la gorge tranchée. Des glaçons de sang pendaient au bout de ses cheveux.

L'horreur fit place à la rage.

Léonov empoigna alors une longue et solide bûche parmi le tas de bois disposé à côté du feu, tout en sachant parfaitement qu'il réagissait comme les criminels l'avaient prévu. Mais il s'en moquait complètement. Les larmes aux yeux, il brandit de toutes ses forces son arme de fortune. La fureur décuplait sa force. Avec une rapidité dont il ne s'était pas cru capable, il porta un premier coup en direction de Kruzhkov. La brute émit un grognement sourd lorsque la bûche vint s'écraser contre sa poitrine. Surpris par la force de l'impact, il recula d'un pas, trébucha sur la pile de bois et pivota dans sa chute pour atterrir face contre terre.

Léonov s'efforça de conserver son avantage, plongeant vers le tueur affalé, le gourdin brandi au-dessus de sa tête. Mais avant qu'il ne puisse opérer une nouvelle offensive, les autres salauds s'étaient précipités pour le désarmer et le rouer de coups avant de le plaquer au sol.

— Tue-le ! Tue-le, Kruzhkov ! criaient-ils à leur chef tandis que celui-ci se dépêtrait lourdement du tas de bûches.

Cloué au sol, Léonov regardait l'assassin essuyer du revers de sa manche le sang qui coulait de son nez.

— Allez, descends-le ! s'impatientaient les criminels.

Kruzhkov, contre toute attente, irradia un large sourire :

— Ce serait trop facile, coassa-t-il en avançant vers sa victime sans défense. Et trop rapide...

Un coup de pied frappa Léonov au flanc, puis d'autres déferlèrent. Le biologiste n'avait plus la force de crier.

Enfin, le déluge de coups cessa et Kruzhkov se redressa en ricanant.

— Continue ! Tape-lui dessus ! Vas-ty, défonce-le !

— Si tu ne veux pas lui écraser sa sale gueule, c'est nous qui allons le faire !

— Non ! grogna Kruzhkov en les éloignant du corps. Si nous le tuons maintenant, ce sera trop facile pour lui.

Léonov leva les yeux vers le géant qui se penchait vers lui. L'écharpe de Kruzhkov avait glissé, dégageant son menton et laissant apparaître le sang qui

perlait sur la moitié de son visage. Le cerveau
envahi par des ondes de douleur, le biologiste respirait à peine.

— Camarades ! lâcha Kruzhkov à l'adresse de
Léonov autant que des autres. Je prends les paris
sur le nombre de jours qu'il faudra à ce traître pour
mourir. Alors, vous annoncez la couleur ?

2

Walker Jessup avala goulûment le toast au sau-
mon fumé, enchaîna aussitôt par un second au
caviar et à la crème et fit descendre le tout d'une
longue gorgée de champagne Dom Pérignon tandis
que sa main libre repartait à la recherche de quelques toasts sur le grand plateau d'argent.

La chair rose et ferme des énormes gambas
décortiquées l'attirait tout autant que les fines tranches de roastbeef soigneusement roulées et fourrées
de mousse de fromage aux fines herbes. Mais il se
décida finalement pour le caviar Béluga : de petits
canapés ronds où s'empilaient des tranches d'œufs
durs et d'oignons surmontés d'une généreuse cou-
ronne de caviar et qui n'attendaient plus qu'une
bouche affamée. C'était une faiblesse de sa part, il
le savait, et peut-être même un défaut de caractère,
mais Jessup ne pouvait pas les laisser seuls. Il en
engouffra plusieurs d'affilée avec une telle voracité
qu'il fut obligé de s'arrêter pour pouvoir respirer,
sans pour autant quitter des yeux la demi-douzaine
de toasts restants.

— Vous en voulez encore, monsieur ? demanda le serveur du buffet avec une expression de totale incrédulité.

Jessup dévisagea le serveur puis tourna les yeux vers l'immense plateau. Une véritable tornade avait dévasté les friandises méticuleusement arrangées et les six canapés suivants attendaient misérablement leur triste sort. Le gros Texan s'apprêtait à mettre fin à leur déplorable condition, mais la vue du carnage qu'il avait effectué à lui seul l'arrêta.

Certaines personnes boivent pour échapper aux réalités déplaisantes de la vie, d'autres trouvent refuge dans de sauvages orgies sexuelles, et d'autres consomment de grandes quantités de nourriture. Bien que Jessup eût déjà maintes fois utilisé ces trois exutoires, il était avant tout un gros mangeur. Ceci ajouté à un métabolisme d'une indolence rare conduisait son poids moyen aux alentours de cent-quarante kilos. Ce qu'il voyait à présent sur le plateau posé devant lui était l'irréfutable évidence de son état d'esprit. L'ancien officier de la CIA était écœuré. Cela n'avait rien à voir avec l'approche des vacances de Noël, c'était purement une dépression relative à son job.

Jessup secoua négativement la tête.

— Non, j'ai terminé, répondit-il brusquement au serveur.

C'est en vidant son verre de Dom Pérignon qu'il remarqua les autres invités derrière lui, assiette à la main, impatients et incapables d'accéder aux hors-d'œuvres à cause de l'énorme obstacle qui leur barrait le chemin. Comme Jessup dégageait enfin la place, ils se ruèrent pour combler le vide.

A travers les fenêtres drapées, il pouvait voir la neige tomber à petits flocons. A l'intérieur du manoir de Georgetown la fête évoluait dans une atmosphère chaude et confortable. Et pourquoi pas ? Le corps législatif fédéral était en vacances et le sénateur, propriétaire des lieux, se trouvait dans une position unique : il lui restait une année avant sa réélection, et celle-ci était garantie à cent pour cent.

Jessup, ne pouvant plus échapper à l'inévitable, s'enfonça dans la foule où il localisa la femme du sénateur en conversation animée avec deux autres créatures féminines.

— Excusez-moi, m'dame, fit le Texan avec un lourd accent. Est-ce que votre mari se trouve dans le coin ? J'aimerais avoir une discussion privée avec lui.

La femme le dévisagea pendant dix secondes avant de s'exclamer :

— Je savais bien que je vous connaissais ! Vous êtes monsieur répare-tout... Mesdames, voici monsieur répare-tout !

Sa présentation provoqua quelques gloussements de part et d'autre de la salle. Les trois perruches étaient à moitié soûles.

Walker Jessup n'était pas monsieur « répare-tout ». Aux plus hauts échelons du pouvoir, au congrès, on le connaissait sous le pseudonyme d'Arrangeur, l'homme qui possédait son propre réseau de service secret, avec des contacts dans le milieu des mercenaires et des criminels, et qui, moyennant un bon prix, pouvait arranger en tout lieu n'importe quelle situation critique.

— Votre mari, madame, insista gentiment Jessup.

Le petit bout de femme lui envoya un regard irrité puis répartit :

— Je suppose qu'il est dans la bibliothèque, vérifiant je ne sais quoi avec sa secrétaire.

— Merci, rétorqua simplement le Texan avant de battre en retraite.

Il martela doucement une des deux portes de la bibliothèque. Par-dessus le brouhaha des rires et de la musique, il crut entendre une réponse et ouvrit le battant.

Deux sofas recouverts de cuir, un grand fauteuil ainsi qu'un immense bureau meublaient la bibliothèque. Une brune pulpeuse aux longues jambes, la nouvelle secrétaire du sénateur, se tenait appuyée contre le bureau, une expression d'ennui inscrite sur le visage. Le sénateur, assis devant elle dans son fauteuil roulant motorisé, plongeait avidement la tête dans ses seins nus et généreux.

La jeune femme sursauta à peine en voyant Jessup surgir dans la salle. Sa courte surprise passée, elle repoussa froidement et fermement le législateur et réajusta sa robe de soirée. Le vieil homme rouspéta, puis la brune désigna la porte d'un signe de tête.

— Votre rendez-vous de neuf heures est arrivé, fit-elle.

Le sénateur se retourna brusquement, sourcilla devant l'imposante masse qui venait d'apparaître.

— Les bons côtés de l'administration, hein ? ironisa Jessup en luttant contre son envie de rire.

— Messieurs, je vous laisse à vos affaires,

annonça la brune tout en remontant la fermeture éclair de sa robe.

Son visage n'exprimait pas le moindre embarras, pas le plus petit sentiment de culpabilité. Elle contourna Jessup comme s'il faisait partie intégrante du mobilier, son petit nez retroussé pointé vers le plafond et son joli fessier arrondi balançant dans un déhanché parfaitement contrôlé.

— J'aurais dû me lancer dans la politique, marmonna Jessup en la regardant quitter la pièce.

— Verrouillez la porte, fit sèchement le sénateur.

Jessup s'exécuta et le vieil homme ajouta froidement :

— J'espère que ce que vous venez de voir n'ira pas plus loin que cette pièce.

— Ne vous inquiétez pas. En ce qui me concerne, tout homme a droit à un passe-temps.

Le politicien le fustigea du regard.

— Asseyez-vous, dit-il en pointant un fauteuil bien étroit pour le fessier du Texan.

Jessup préféra le confort d'un des sofas.

Le sénateur lança le moteur électrique de son fauteil roulant qui s'ébranla dans un petit grincement aigu, et s'immobilisa à deux centimètres du bout des chaussures de son interlocuteur.

— La « Commission » attend un rapport complet sur l'état des affaires, commença le vétéran de la politique. Allons-y.

Jessup retrouva sa mauvaise humeur. D'autant qu'il s'en souvienne, le sénateur avait toujours fait preuve de prétention, de fourberie et d'hypocrisie mesquine. Il l'avait cru mort. Pourtant, il était bien vivant. Et, pour combler le tout, était devenu héros national, proclamé unique survivant de « Jonestown II » par les médias, découvert en Honduras sur un lieu de culte transformé en charnier. Pour avoir trempé ses petits doigts véreux dans la mauvaise part de l'Amérique centrale, le sénateur avait eu la colonne vertébrale brisée. Il était pourtant trop malsain pour mourir. Regrettablement pour Jessup, il demeurait son seul lien avec la mystérieuse « Commission ».

Malgré son important réseau de renseignements, Jessup ne savait pas grand-chose sur ceux qui siégeaient à la « Commission ». Il s'agissait d'une sorte de sénat ou d'un corps de gouvernement officiel, mais son action était financée secrètement. Aux yeux du gros Texan, c'était l'argent du budget le mieux dépensé, et pas seulement par rapport au caviar.

Indépendante des balances et des fonctionnements fédéraux, des restrictions de la loi et des traités internationaux, la « Commission » appliquait des solutions militaires proches de la chirurgie aux problèmes spécifiques de grande importance ; des solutions trop « sales » pour l'armée, la CIA ou ses succédanés. Trop sales et trop dangereuses.

Le projet actuel ne faisait pas exception. En importance et en risques, il battait toutes les précédentes escapades en dehors des eaux territoriales.

C'était ce qui inquiétait Jessup.

Les différentes opérations couvertes qu'il avait organisées ces dernières années, depuis le Viêt-nam jusqu'à maintenant, avaient toutes comporté une part importante de risques. Pourtant, même dans les missions les plus hasardeuses, la différence entre gagner et perdre était clairement délimitée par une ligne de partage qu'il suffisait de traverser pour voir le danger prendre fin. Pour l'opération en question, aucune ligne de partage n'existait.

— Nous sommes toujours prêts pour le vingt-troisième, en prenant en compte le temps et les impondérables, fit Jessup d'une voix monotone.

— Excellent ! Nous devrions l'avoir libéré le jour de Noël et mis en sûreté.

En sûreté devant les caméras de la télévision, pensa Jessup sombrement. Le portrait électronique d'Anatoly Léonov traverserait les écrans, repoussant les programmes réguliers pour délivrer le message soigneusement préparé au téléprompteur.

Tout cela n'était que du showbiz.

Aucun de ceux qui tiraient les ficelles, de chaque côté du rideau de fer, ne s'intéressait à Anatoly Léonov en tant qu'homme.

Le scientifique soviétique était devenu un symbole vivant autant à l'Est qu'à l'Ouest. Condamné aux travaux forcés en Sibérie pour dissidence, c'était aussi symboliquement qu'il devrait être libéré. Il représentait un précieux trésor à conserver et devait être contrôlé par le plus puissant. Et si un personnage d'une telle importance pouvait être réduit à l'état d'objet, qu'en était-il des soldats qui risquaient leur vie pour servir la nation ?

Des instruments.

Des éléments remplaçables.

— Arracher un butin tel que Léonov à l'URSS, c'est une affaire très dangereuse, fit remarquer le sénateur d'une voix légèrement hypocrite.

C'était bien plus encore, et les deux hommes le savaient parfaitement. C'était l'impensable, l'impossible. Personne ne pouvait entrer en Sibérie sans se faire repérer, et personne n'en était jamais ressorti.

— Si ce Barrabas et sa bande de dégénérés réussissent cette mission, ça vaudra largement chaque dîme qu'ils nous auront extirpée, continua le sénateur.

Jessup se gratta le menton. Cette mission en effet représentait beaucoup d'argent et, comme d'habitude, le sénateur avait débattu la somme demandée, sans pourtant trop de véhémence. En fait, à ses yeux, l'affaire représentait deux fois la somme mise en jeu. Une bonne affaire si Barrabas et ses SOBs réussissaient à libérer le prisonnier et à quitter l'espace aérien soviétique. A moins qu'ils ne meurent en essayant.

Le politicien ne pouvait pas se permettre d'échouer. Le succès produirait une importante publicité internationale à laquelle il trouverait certainement son intérêt.

L'échec cependant aurait pour lui un aspect positif. Il signifierait la destruction d'un groupe d'hommes qu'il méprisait profondément parce qu'ils possédaient la compétence et les attributs dont il était démuni. Ces qualités qui lui avaient indirectement coûté l'usage de ses deux jambes. Nile Barrabas et ses SOBs avaient massacré l'armée privée d'un de ses supporters financiers secrets, un Américain expatrié au Honduras, un individu à cheval entre Jim Jones et Charles Manson. Le sénateur avait eu la malchance de se trouver aux côtés de son partenaire de longue date lorsque les mauvaises nouvelles concernant les troupes de choc de ce dernier lui étaient parvenues.

La supériorité du législateur résidait dans sa diplomatie conventionnelle et les tractations opérées dans les arrière-salons enfumés. Chaque fois qu'un nouveau problème surgissait, et qu'il devait faire appel à plus fort et plus brave que lui, il perdait une petite partie de son pouvoir accumulé avec tant de soin. Pour le sénateur, perdre l'usage de ses jambes n'était rien en comparaison de la perte de son influence au capitole. La première situation pouvait devenir un avantage, la seconde signifiait la défaite, une défaite totale.

— J'espère que le GRU ne va pas changer d'avis ? demanda le vieil homme.

Jessup secoua négativement la tête.

Personne n'était jamais entré en Sibérie à moins d'y avoir été invité. Dans le cas présent, l'invitation émanait du *Glavnoye Razvedyvatelnoye Upravleniye*, le service de renseignements militaires soviétique, le petit frère du KGB, et la direction des guérillas et de l'espionnage industriel.

— Cette partie du plan se déroule exactement comme prévu, annonça le gros Texan. Au GRU, ils sont tellement pressés d'avoir la marchandise qu'ils prennent des risques pour l'obtenir. Ils ont dû garantir la neutralité et la bonne conduite des SOBs pour que le KGB accepte leur entrée en Russie.

— La bonne conduite des SOBs ! s'exclama le sénateur avant d'éclater de rire. C'est incroyable, vraiment incroyable !

Jessup conserva le silence. Ça n'avait rien d'incroyable, c'était simplement logique. Il suffisait d'utiliser le bon appât pour voir toutes les portes s'ouvrir.

— Et Cruikshank ? Est-ce qu'il est toujours sous contrôle ?

Jessup changea de position. Le plan de secours était suffisamment compliqué et dangereux sans l'insertion de J. Cruikshank. Celui-ci était un entrepreneur de Silicone Valley qui avait perdu son auréole. Un perdant entouré de légions de gagnants. Un égocentrique. Il avait acquis les atours du succès, l'indispensable Ferrari rouge, le Lear jet, le yacht, mais tout n'était qu'une colossale façade bâtie à l'aide de crédits. Incapable de faire face à une concurrence jeune et active, il avait plongé dans les ligues et dans les jeux. Par deux fois, il s'était trouvé impliqué dans la vente d'armes prohibées ultramodernes aux Soviétiques. Aucune preuve n'avait pu être fournie sur ses activités illégales.

Une autre marchandise illicite de Cruikshank attirait tout autant le GRU : un tableau processeur redessiné, adaptable au chassis principal d'un ordinateur IBM. Les Soviets n'étaient pas supposés posséder le chassis, mais il avait mystérieusement disparu d'un entrepôt douanier, en Suisse, et refait surface deux mois plus tard dans une usine de construction de chars, à l'est de l'Oural. L'inclusion du nouveau tableau processeur pourrait quasiment doubler les performances de l'ordinateur et augmenter considérablement la production automatisée des pièces des tanks T-72.

— Ce fils de pute insiste pour être présent dans toutes les négociations, expliqua Jessup. Ça risque de créer des problèmes par rapport à la CIA et au ministère des affaires étrangères qui opèrent sur lui une surveillance étroite. Il est possible que leur interférence compromette la mission. Quelqu'un de la CIA ou du ministère pourrait gaffer.

Le sénateur grogna.

— Il n'y a pas d'autre solution. La partie est difficile. Les Soviets doivent penser que nous ne voulons pas qu'ils obtiennent la marchandise et que nous ferons tout pour les en empêcher.

Jessup n'avait besoin d'aucune explication sur la logistique de l'affaire.

— Je n'ai aucun problème pour faire ce qui doit être fait pour cette mission, affirma-t-il. Mais je n'aime pas ceux qui vont crier les nouvelles par toutes les fenêtres.

Le sénateur sourit. Lui non plus ne voudrait pas répandre les mauvaises nouvelles.

— Je présenterai votre rapport à la « Commission », fit-il en regardant sa montre d'un geste significatif.

L'audience était close.

Jessup se redressa et avança vers la porte.

— Vous me renverrez ma secrétaire, lança le législateur.

Jessup ne daigna pas répondre et quitta la pièce, passa devant la secrétaire sans la regarder ni prononcer un mot et se dirigea droit vers les hors-d'œuvres.

Pendant son absence, les plateaux avaient été abondamment regarnis. Les invités agglutinés au buffet n'eurent pas d'autres choix que de lui laisser la place pour éviter d'être écrasé par l'énorme masse de chair qui les chargeait. S'emparant d'une grosse poignée de canapés Beluga, il commença à se les enfourner dans la bouche, comme s'il s'agissait de flocons de pop-corn. Puis il happa une coupe de Dom Pérignon au passage, en lampa la moitié d'un trait.

Sa lourde responsabilité l'oppressait. Il aurait souhaité ne jamais devoir proposer cette opération à Barrabas. Il souhaitait que ce dernier la refuse. Mais tous les souhaits du monde ne pouvaient rien contre l'état des choses. C'était dans la nature de Jessup d'organiser l'impossible, et dans celle de Barrabas de le risquer. Le danger de cette mission ne prendrait pas fin avec la libération éventuelle du prisonnier et le passage des frontières soviétiques vers l'Ouest. Pour délivrer Anatoly Léonov, ils devraient user de ruse et rouler le GRU.

Mais le GRU ne faisait aucun cas des frontières. Il ne pardonnait ni n'oubliait jamais.

3

Erika Dykstra referma le couvercle de la valise posée sur le lit, se retourna. L'homme qu'elle aimait se tenait devant les étroites fenêtres, impassible, impénétrable. Son tee-shirt gris moulait chacun de ses muscles tandis qu'il fixait, trois étages plus bas, la petite cour enneigée de la bâtisse édifiée au XVIIIe siècle à Amsterdam.

Il regardait sans voir, le regard froid et distant, les yeux sombres. Elle connaissait trop bien cette expression et la détestait. Nile Barrabas ne lui appartenait plus. Plongé dans les détails de sa prochaine mission, il tournait et retournait dans son esprit le plan d'attaque, l'envisageant sous tous les angles, cherchant des points faibles oubliés, inventoriant les ripostes.

Leur relation durait depuis près de dix ans. Une succession de séparations et de retrouvailles. Dès que le mercenaire aux cheveux blancs terminait une guerre, il se reposait en sa compagnie, jusqu'à ce qu'il reparte une nouvelle fois au combat.

Ce qu'elle supportait le moins n'étaient pas les

douloureuses séparations, ni ses longs mois d'absence, mais le sentiment qu'il s'éloignait d'elle graduellement pour se perdre dans sa mission, d'avoir son corps mais pas son esprit durant les derniers jours qu'ils passaient ensemble. Elle en arrivait parfois à un quasi-sentiment de haine et souhaitait presque qu'il s'en aille pour toujours. Son envie de pleurer, certainement très forte en ces moments-là, n'éclatait pourtant jamais.

Erika Dykstra était une femme extraordinaire. Aidée par son frère Gunther, elle dirigeait une entreprise familiale, la Netherlands Import Management, une firme internationale qui, pendant cinq générations, avait vu défiler de nombreuses et précieuses marchandises : objets d'art, or et bijoux... qui circulaient en toute liberté sans qu'il y ait jamais à payer un seul dollar de taxe et d'impôt. La superbe contrebandière aurait pu avoir pratiquement tous les hommes qu'elle désirait, mais son sens de l'ironie l'avait poursuivie et celui qu'elle avait finalement choisi était le seul qu'elle ne pourrait jamais posséder vraiment.

Le soleil hivernal plaquait ses rayons sur les toits pentus et enneigés du voisinage, découpait le visage rude de Nile. Ses traits taillés à la hache donnaient à l'ensemble de ce visage un caractère spécial. Il irradiait cette puissance brute, cette détermination qui donnait aux femmes la passion proverbiale. Erika aussi, au début, le voyait comme l'ultime défi à ses charmes féminins. Elle avait pourtant bien vite réalisé qu'elle était la perdante dans ce jeu, que Nile Barrabas était déjà marié, uni jusqu'à la mort à sa violente profession, et que pour le conserver, elle devrait vivre selon les termes du mercenaire et non selon les siens. En outre, elle devait accepter le fait que sa grande force, ses qualités de guerrier, contenaient une terrible faiblesse, un défaut qui pouvait s'avérer fatal. Cette force n'avait aucune valeur tant qu'elle n'était pas utilisée, mise à l'épreuve. Le mercenaire était intoxiqué par l'épreuve, totalement dépendant de la drogue du combat, au risque de sa propre vie.

Barrabas n'avait jamais été secret à propos de son travail, pas avec elle, pas avant aujourd'hui. Jamais non plus il ne lui avait demandé de faire ses valises et de quitter sa maison, de se cacher à l'autre bout du monde pour anticiper une action qu'il s'apprêtait à mener.

— Ne pose pas de questions, avait-il demandé.

Une simple phrase qui avait glacé Erika. Quelle que soit la nouvelle mission, elle n'avait pas de limite comme dans les conflits du Tiers Monde, pas de raids éclairs ; cette mission bien spéciale n'avait rien à voir avec les précédentes.

Erika traversa la pièce, s'arrêta derrière lui, tendit la main pour caresser son épaisse chevelure d'argent puis stoppa son mouvement, hésita, la main tremblante. Quelque chose lui noua la gorge. Elle avait prononcé tant d'adieux à cet homme, avant cela, et chaque fois, il lui était revenu. Elle était parfaitement consciente du danger de sa profession, mais attendait toujours de lui l'impossible, qu'il revienne de chacune de ses missions. A présent, elle pouvait suivre le mouvement de son torse sous l'effet de la respiration, la tension des muscles de ses bras. Il était mortel. Brusquement, elle eut le sentiment qu'elle allait prononcer le tout dernier adieu. Je ne vais pas faire une scène, pensa-t-elle en réprimant son angoisse. Je ne veux pas qu'il se souvienne de moi de cette façon.

— Nile, souffla-t-elle en glissant sa main autour de sa taille.

— Es-tu prête ? demanda-t-il sans sourciller.

— Je suis prête.

Alors qu'elle essayait de le serrer entre ses bras, il se dégagea doucement de son étreinte et se retourna pour lui faire face.

— Tu donneras mon bonjour aux Amirthalingams, fit Barrabas. Dis-leur également qu'ils me manquent tous.

— Oui, bien sûr.

Erika quittait Amsterdam pour Bombay où elle resterait avec des amis et associés de longue date.

Pour disparaître de la circulation.

Barrabas plongea son intense regard dans les yeux bleus de sa compagne et y lut son affliction.

— Ça va aller, tout va très bien se dérouler. Je te contacterai lorsque tout sera rentré en ordre. On pourra alors se trouver un petit coin exotique. Peut-être bien les Fidji. Qu'est-ce que tu en penses ?

— Je pense que ça sera parfait.

Elle ne put retenir une larme brûlante qui vint rouler sur sa joue.

Barrabas l'entoura de ses bras réconfortants et l'embrassa tendrement.

— Il faut aller à l'aéroport, lui dit-il doucement.

Nile Barrabas avala une gorgée de café noir avant de tirer une grosse bouffée de son cigare déjà à moitié consumé. Le propriétaire du bar était avachi derrière son comptoir. C'était un vieil homme desséché et rabougri enroulé dans un grand tablier blanc sale.

Nile était le seul client. L'établissement était une petite oasis au milieu du grand supermarché de Walletjes, le quartier mal famé d'Amsterdam. Une oasis très rudimentaire. Le banc qu'occupait Barrabas n'avait pas même un coussin, juste des planches de contre-plaqué fixées en permanence au mur. Il pouvait à peine distinguer ce qui se passait de l'autre côté des vitres embuées et graisseuses. La grosse enseigne lumineuse du « Cinéma pour Homosexuels », de l'autre côté de la rue, étalait ses lumières clignotantes roses et bleues sur la neige fondue.

Nile souffla un nuage de fumée. Les yeux clos, perdu dans ses pensées, il ne prêta pas attention lorsque la sonnette de la porte retentit, annonçant l'arrivée d'un nouveau client. Barrabas ouvrit les yeux au moment où le nouvel arrivant prit place sur le banc face à lui.

— Dites, m'sieur, fit l'importun en se penchant vers lui au-dessus de la table qui les séparait, vous voulez pas m'acheter du hash ?

Barrabas mordillait le bout de son cigare, observant le type qui lui souriait. Celui-ci devait avoir une vingtaine d'années, portait un vieux chapeau en cuir à bords mous, une barbe sale et une veste à franges en daim, tout aussi crasseuse que le personnage. Une petite boucle d'oreille en or était fichée dans son oreille droite.

— C'est de l'excellente marchandise, j'vous la laisse pour un bon prix.

— Je ne suis pas intéressé, lâcha froidement le mercenaire d'un ton ennuyé.

— Une pépée, alors ? continua le pourvoyeur de drogue. J'en connais une petite vraiment super qui...

— T'es inscrit comme électeur ?

La question frappa le type en pleine face.

— T'es inscrit sur les listes des électeurs, oui ou non ? répéta Barrabas.

— Ouais, bien sûr, en tant que socialiste. Qu'est-ce que ça peut vous foutre ?

— Ça me rassure, fit ironiquement Barrabas en plongeant son regard dans les yeux jaunâtres et injectés de sang du petit trafiquant.

La théorie d'une démocratie participante était en effet rassurante pour le peuple, chaque homme ayant le pouvoir de décision. Gouverner par la raison... La réalité était cependant bien moins reluisante. Intéressante seulement en comparaison des alternatives autoritaires de la gauche et de la droite. Barrabas ne se battait plus pour les systèmes politiques, mais pour l'argent. Il lui arrivait aussi de se battre pour des amis. Dans le cas du dissident soviétique, les choses étaient différentes. Il n'avait pas besoin d'argent et ne connaissait pas personnellement Anatoly Léonov, bien qu'il ait entendu parler de lui, comme tout le monde. Malgré les états de fait qui opposaient Barrabas au scientifique prisonnier, opposition dans la méthode et la philosophie, le soldat respectait l'homme de paix. Un guerrier ne se juge pas au calibre et à la qualité de ses armes, mais à ce qu'il leur fait accomplir. Anatoly Léonov, en franchissant la ligne tracée par son pays, savait pertinemment qu'il allait perdre, qu'il devait perdre. Il n'avait pas agi ainsi pour ramasser de l'argent, une place dans l'histoire ou l'adoration de qui que ce soit, mais parce qu'il devait le faire, pour lui-même.

C'était pour les mêmes raisons, précisément, que Nile Barrabas avait accepté d'essayer de le libérer.

— Qu'est-ce que vous dites de la fille ?

Le soldat ôta le cigare de sa bouche et le pointa vers la porte de sortie d'un geste significatif.

— Dehors, citoyen, lâcha-t-il.

Le type ne protesta même pas. Il avait encore suffisamment d'instinct de conservation pour comprendre ce que signifiait l'avertissement. Se forçant au calme, il se leva et se dirigea vers la sortie sur la pointe des pieds.

Barrabas projeta ses pensées ailleurs, au-delà de la mission qui l'attendait, à la rencontre du futur, de son propre avenir. Comme toujours, il n'y avait rien à voir. Rien que l'obscurité impénétrable imprégnée par l'odeur du soufre.

Un sourire se dessina sur son visage ; il tira quelques bouffées sur son cigare.

— Quel est le type qui voudrait vivre éternellement ? demanda-t-il à l'homme assis derrière le comptoir.

Le vieux propriétaire abaissa son journal pour regarder son interlocuteur.

— Uniquement un cinglé, rétorqua-t-il.

Barrabas acquiesça :

— Ouais, rien qu'un cinglé.

4

Le major Yevgeny Grabischenko, chef adjoint du GRU, agrippa d'une main boudinée son verre de vodka rempli à ras bord, le porta sans hésiter à ses lèvres, engloutit d'un trait son contenu et le reposa sèchement sur la table.

— Treize ! lâcha-t-il en serrant les dents.

Devant lui se tenait un autre homme à l'allure tout aussi porcine, vêtu d'un costume trois pièces. Viktor Volkopyalov, un des nombreux chefs du KGB, empoigna une bouteille d'alcool polonais importé et en versa dans son propre verre. Volkopyalov avait le teint très coloré et des narines incroyablement petites par rapport à son gros nez patatoïdal. Il respirait presque uniquement par la bouche.

— Tu sais que tu ne peux pas gagner, déclara-t-il en portant à son tour le verre à ses lèvres. Tu n'es pas dans ma ligue, tu n'y as jamais été et tu n'y seras jamais.

Grabischenko sentit son estomac se nouer au moment où son ex-ami engloutissait la vodka Wybo-

rowa et faisait claquer sa bouche d'un air appécia-
teur. « Boire pour boire » était le nom du jeu
auquel ils s'adonnaient, jusqu'à ce qu'un des deux
antagonistes abandonne la lutte, s'avouant vaincu.
Ils y jouaient déjà en tant que nouvelles recrues du
KGB ; c'était alors une façon de tester leur force,
leur virilité, de lier une amitié. A présent, il ne
s'agissait plus que de l'exhibition d'un pouvoir uni-
latéral, d'une domination.

— Tu ne gagneras jamais, gloussa Volkopyalov.

— A notre patrie ! fit Grabischenko en avalant
une autre mesure d'alcool.

Le liquide lui brûla les entrailles tout autant que
l'affirmation de Volkopyalov.

— Quatorze ! s'exclama-t-il en reposant
bruyamment le verre.

Le chef de ligue du KGB égalisa le score puis
releva la manche de son veston, dévoilant sa montre.

— Nous en sommes arrivés aux dix minutes tra-
ditionnelles, à moins que tu ne déclares forfait.

— Bien sûr que non, lâcha Grabischenko.

Les dix minutes d'arrêt, les plus perverses du jeu,
permettaient à l'alcool ingurgité de s'immiscer traî-
treusement dans le sang tandis que la concentration
tombait et que les muscles se relâchaient.

Grabischenko s'adossa à sa chaise, étendit ses
petites jambes grassouillettes sous la table et
observa la pièce, les tentures de velours rouge, le
lustre en cristal… Une chambre privée au sein d'un
club privé de Moscou. Aucun spectateur. Le jeu
était passé d'une célébration publique et joyeuse de
jeunesse à une sombre bataille de volontés. Un filet

de sueur suintait le long de ses bourrelets de chair, entre sa mâchoire et le col de sa chemise. A part la bouffée de chaleur que lui procurait la vodka, il se sentait bien. Quelques instants plus tôt, avant le début du jeu, il avait discrètement avalé près d'un demi-litre d'huile végétale afin de protéger son estomac contre le feu de l'alcool.

— J'espère que tes gangsters américains ne t'embarrassent pas trop ? ironisa Volkopyalov. Ou si c'est le cas, que la technologie avancée vaut le risque de destruction de ta carrière.

Grabischenko conserva le silence. Tous deux savaient parfaitement que le tableau processeur de Cruikshank se trouvait en tête d'une longue « liste des exigeances » de cinq cents pages, préparée par la VPK, la commission militaro-industrielle de quatorze membres supervisant toute la production de l'URSS en matière de défense. Le tableau processeur, contrairement à la plupart du matériel porté sur la liste, ne comportait aucune indication de valeur. Cela signifiait qu'il devait être obtenu à n'importe quel prix, monétaire ou humain.

— Je suppose que tu as lu leurs dossiers ? interrogea Volkopyalov.

— En détail.

— Le GRU se porte garant d'une équipe de capitalistes ! C'est un comble ! Ces ordures sont des truands professionnels. En admettre ne serait-ce qu'un seul dans notre pays est déjà un gros risque. Qu'en sera-t-il de six criminels à l'intérieur de nos frontières ?...

Ce point avait été soulevé de nombreuses fois

tout au long des dernières semaines. La réponse de Grabischenko fut en conséquence bien détaillée :

— Installer un tableau processeur sur un matériel existant est un procédé compliqué, expliquat-il. Il doit être testé, calibré, réglé. A Ust Tavda, les hommes ne sont pas familiarisés avec la technologie de pointe. Nous sommes certains que les trafiquants du marché noir nous donneront bien davantage que le seul tableau processeur. Ils nous montreront comment l'utiliser et l'appliquer sur d'autres installations.

— J'espère que vous pourrez les contrôler autant que votre assurance le laisse entendre.

— Ils seront placés sous la surveillance constante des meilleurs soldats du GRU pendant toute la durée de leur séjour.

Volkopyalov afficha un air d'ennui, vérifia l'heure sur la montre et ricana.

— Il est temps de continuer, fit-il en remplissant les deux verres de vodka.

Grabischenko s'empara du sien.

— A ta santé, et qu'elle dure encore ! lança Volkopyalov d'une voix pleine de sarcasmes.

Son adversaire vida son verre.

— Encore, fit ce dernier.

Son nez et ses lèvres s'engourdissaient peu à peu. Bientôt, la sensation atteindrait le cerveau. Il avait déjà dépassé son taux limite d'alcool et, à présent, il était trop tard pour faire demi-tour. Il devait continuer jusqu'à la fin du jeu. Bien que cela ne le conduise nulle part, il valait mieux dans son intérêt et dans celui du GRU qu'il laisse gagner Volkopyalov. C'était une façon de confirmer la hiérarchie établie. Plus ce dernier était convaincu de son pouvoir sur le plan professionnel et personnel, plus il sous-estimerait son ennemi.

Bien que Grabischenko ait fait ses armes dans le KGB, son allégeance avait radicalement changé lorsqu'il s'était vu nommé à un poste important dans les renseignements militaires. Son travail rivalisait avec la plus haute bureaucratie. Depuis le début, les choses étaient dirigées contre lui et le modeste succès qu'il avait obtenu à son nouveau poste lui apportait de nombreux autres ennemis dans la vieille branche de son service.

Parmi eux se trouvait Viktor Volkopyalov.

Le chef adjoint du KGB engloutit fièrement son vingtième verre de vodka et eut un sourire ironique à la vue de Grabischenko toujours en attente devant le sien.

— Tu en as assez ? Tu abandonnes, camarade ?

Le dirigeant du GRU titubait sur son siège. Son estomac se révoltait. Il repoussa son verre, cracha un juron et se redressa lourdement pour se diriger vers la porte, mais tomba à genoux à quelques mètres de la sortie, devant un grand pot de fleurs où il plongea sa grosse tête pour vomir.

— C'est ça la dignité du GRU ! ricana Volkopyalov.

L'huile végétal qu'avait ingurgitée Grabischenko facilitait la brusque transition de son estomac. Il s'essuya la bouche avec son mouchoir, se redressa et progressa chancelant vers la porte, pour s'écrouler dans les bras d'un capitaine du GRU qui l'attendait à l'extérieur. Tous deux purent entendre le rire sarcastique de Volkopyalov dans la pièce encore ouverte.

— Camarade, fit Grabischenko à son capitaine, sors-moi d'ici.

L'officier le conduisit le long du couloir jusqu'à la limousine. L'air froid de la nuit eut l'effet d'une gifle sur son visage, repoussant la vague de nausées qui le harcelait. Le capitaine Balandin était pour lui un véritable fils, loyal, dévoué. L'un des meilleurs éléments que possédait le GRU. Grabischenko aspira l'air glacé à pleins poumons, eut alors l'impression que des lames de rasoir lui traversaient les narines et le corps.

— Nous devons rester très prudents, expliqua-t-il au jeune officier qui l'aidait à prendre place dans le véhicule. Le KGB veut notre échec. C'est pour ça qu'ils ont laissé l'opération aller aussi loin. Ils veulent gêner et affaiblir le GRU en permanence. Bien sûr, si nous réussissons cette opération, l'effet sera inversé.

Balandin s'installa au volant de la Pobieda. Un sourire confiant éclairait son visage.

— Alors, nous devons réussir, Monsieur. A n'importe quel prix.

Grabischenko opina de la tête et le regretta aussitôt. Son mouvement, amplifié par celui de la voiture, provoqua un retour de ses nausées. Il abaissa immédiatement sa vitre et plongea sans perdre une seconde la tête à l'extérieur.

5

Claude Hayes heurta le plafond du véhicule au moment où celui-ci, lancé à pleine vitesse, vira brusquement sur la droite pour éviter le gros bloc de neige au milieu de la route.

— Hey ! Du calme, Billy ! lâcha-t-il. Tu vas finir par nous envoyer dans les décors !

A côté de lui, l'immense Indien, moitié Osage moité Navajo, était rivé au volant de la Sno-Cat.

— J'avais jamais remarqué que t'étais aussi trouillard qu'une vieille femme, rétorqua Billy II en braquant à gauche, évitant un nouvel obstacle.

Hayes grogna puis rigola. Il n'avait rien d'une vieille femme. Lors de son passage dans la marine, il avait reçu de nombreuses décorations avant d'opter pour un autre mode de vie et de combattre en guerrier libre et indépendant aux côtés de ses frères noirs en Afrique. Il ne répugnait pas à risquer sa propre vie, tant qu'il y avait une bonne raison de le faire.

— Ralentis ! ordonna-t-il.

— Du calme, vieux ! répliqua le Peau Rouge. On

y est presque. C'est juste après le prochain virage. Tu vois cette fumée, là-bas ? Elle provient de la cabane.

Hayes scruta le paysage à travers le pare-brise. Il détestait franchement l'Alaska pour son climat glacé et sa neige incessante.

— Ce type a intérêt à être valable, observa-t-il amèrement.

Billy II éclata d'un rire tonitruant :

— Chank Dayo est le meilleur ! Le meilleur pilote en région désertique, le meilleur éclaireur de toute la Garde Nationale de l'Alaska !

— J'ai encore jamais rencontré d'Esquimaux.

— Ils sont comme tout le monde. Ils aiment s'amuser, boire, baiser...

Billy II lança un regard espiègle à son passager avant de continuer :

— Et ce qu'on dit à propos de l'hospitalité des Esquimaux est parfaitement vrai.

— Qu'est-ce qui est vrai ? De quoi tu parles ?

— T'as bien dû en entendre parler. Tu sais que l'Esquimau pappy partage l'Esquimau mammy avec ses honorables invités venant du sud ?

— C'est des conneries !

— Hey ! Si tu n'veux pas de ta part, laisse-la-moi, tu veux. Je saurai bien quoi faire avec.

Hayes jeta à son tour un coup d'œil malicieux à son compagnon.

— Je te soupçonne d'être déjà venu ici avant aujourd'hui.

Billy II sourit :

— Elle s'appelle Noweena. C'est vraiment une

créature unique, indomptable ! Tu vas tomber amoureux.

— Et ton pote, ça lui fait rien ?

— Comme je te l'ai dit, c'est une ancienne coutume.

Hayes étendit ses longues jambes et croisa les doigts derrière sa tête enveloppée dans la chaude capuche de son parka.

Bientôt, ils arrivèrent à proximité de la cabane, une petite construction en bois et en pierre au toit pentu, entourée de sapins. Tout était recouvert d'un mètre de neige, mais un chemin, tracé depuis l'entréc de la bâtisse, en dégageait le contour. Billy II immobilisa la Sno-Cat et tous deux quittèrent le véhicule.

— Vas-y, invita Billy, frappe à la porte. Noweena devrait te réserver une petite surprise. Elle est connue pour vivre sans vêtements à l'intérieur de la maison.

Hayes fronça les sourcils. William Starfoot II avait une réputation de branleur et de magouilleur. L'histoire qu'il tentait de lui faire gober semblait trop alléchante pour être vraie. Il devait cependant admettre que son intérêt était vivement aiguisé.

Il se décida enfin à frapper à la porte. Celle-ci n'était pas verrouillée et s'entrebâilla sous la pression de ses doigts. L'intérieur de la pièce, clair et chaud, dégageait une odeur particulière.

— No-wee-na ! prononça doucement Billy II par-dessus l'épaule de son compagnon.

Une silhouette apparut alors, comme par magie.

Une silhouette de près de deux mètres de haut et pesant au moins quatre cents kilos.

Noweena se tenait sur ses pattes arrière, son gros museau humide dirigé vers Hayes qui reçut en plein visage l'odeur de son souffle nauséabond. Il n'était pas du genre à paniquer et ce qui s'ensuivit correspondit plutôt à une incapacité temporaire de mesurer précisément l'importance d'une menace, ne s'étant jamais trouvé nez à nez avec un ours brun de l'Alaska.

— Ki-aiiii ! hurla-t-il en projetant un sauvage coup de pied dans le ventre de l'animal.

— Non, pas ça ! Imbécile, non ! cria Billy II.

Mais il était déjà trop tard. Blessée dans sa dignité, sa maison envahie par des étrangers, Noweena laissa échapper un formidable cri de rage et chargea.

Hayes et Billy II se mirent à courir autour de la maison avant d'escalader une pile de bois pour rejoindre le toit de la construction.

— Merde ! grogna Hayes. Il nous suit encore !

L'ourse tentait à son tour de grimper sur les bûches, mais celles-ci dégringolaient sous son imposante masse, empêchant toute progression de sa part.

— Chank doit bien se trouver quelque part, ronchonna Billy.

— C'est quoi cette hutte, là-bas ? fit Hayes en pointant son doigt devant lui. On dirait même qu'il y a de la fumée qui s'en échappe.

— C'est un sona, rétorqua Billy. Chank y est sûrement.

Plaçant ses mains autour de sa bouche, il appela :

— Chank, à l'aide !

— A l'aide ! enchérit Hayes avant de s'adresser à

son guide indien. Espèce de crétin ! Tu aurais pu me dire qu'il s'agissait d'un ours !

— D'une ourse, corrigea Billy.

Quinze centimètres de griffes acérées dentelaient méthodiquement le bord du toit.

— Il y a autre chose que j'avais oublié de te dire, continua le Peau Rouge.

Hayes lui lança un coup d'œil torve.

— Il ne faut jamais frapper une ourse. Elles sont aussi susceptibles que les nanas.

Accroupi dans une nudité complète, les yeux clos, Chank Dayo suait à grande eau, inondant le sol rocheux de la hutte. Le *quasegig* ou hutte à suer faisait partie intégrante de la culture esquimaude traditionnelle. C'était habituellement un lieu de rencontre, un centre social. Cette hutte à suer particulière constituait le refuge privé de Chank Dayo. Le lieu de purification où il débarrassait son corps des résidus des poisons de l'homme blanc, poisons dont il usait avec passion, qu'il s'agisse de bourbon ou de femmes parfumées.

La présente séance de sudation était peu ordinaire. Il venait de passer six jours à boire et avait eu de nombreuses visions, non pas d'éléphants roses, comme tout buveur qui se respecte, mais bien plus inquiétantes, puisqu'il s'agissait de sa propre mort.

Visions d'ailleurs si réelles et si intenses que la frousse l'avait en partie extirpé de sa soûlerie. Des sensations physiques, aussi fortes que les sensations visuelles, s'étaient ajoutées à ces dernières.

Tandis qu'il continuait à se purifier, son cœur se remit à battre la chamade et sa vision vint le hanter pour la centième fois. Il pouvait voir son corps physique, alors qu'il n'était plus qu'esprit observateur flottant bien au-dessus de son enveloppe charnelle en mouvement, lié par les sensations à cet homme, en bas, qui s'enfuyait éperdument et tentait de gravir une pente glacée au-dessus d'un terrain d'atterrissage. Derrière lui, des cris qu'il ne pouvait comprendre, si forts et si réels qu'il en rouvrit presque les yeux. Une mitrailleuse crépitait, crachant son venin mortel, puis il se vit tomber, comme un pantin désarticulé. C'est alors que son esprit réintégra cette enveloppe meurtrie, l'espace de quelques secondes. Gisant sur le dos, les yeux ouverts, il aperçut un avion au-dessus de lui, eut la sensation brusque d'être aspiré et se retrouva dans l'appareil d'où il put observer son corps mourant diminuer petit à petit au fur et à mesure de l'ascension de l'avion, jusqu'à complète disparition.

Chank sortit brusquement de son rêve, ouvrit les yeux et secoua deux ou trois fois la tête afin de s'éclaircir l'esprit. Il lui sembla entendre des cris. Il était né Inuit. Les Inuits croyaient à la réincarnation immédiate de l'âme du mort dans un nouveau corps. Pour eux, le Paradis, l'Enfer, la mort en elle-même n'existaient pas, seul entrait en compte le transfert instantané. Pourtant Chank Dayo était une créature du vingtième siècle, un ancien Marine du Viêt-nam, copieusement décoré pour ses exploits. Un type un peu cinglé. Il travaillait à présent comme pilote pour une compagnie pétrolière et refusait toutes les anciennes croyances Inuit, sauf celle qui prétendait qu'aucun chef ni Dieu n'existait.

En tant qu'homme du vingtième siècle, il détestait les visions. Particulièrement celles où il ressentait l'impact brûlant des balles lui perforer les jambes, lui déchirer la chair, des visions sans espoir.

Il alimenta le feu de la chaudière à vapeur, intensifiant la chaleur de la hutte.

Sue un bon coup, pensa-t-il, dégage cette gnôle, après ça ira mieux.

Les cris continuaient et, pour la première fois, il écouta attentivement. Le remue-ménage semblait provenir de l'extérieur. Sans hésiter une seconde de plus, il se redressa comme un ressort et d'un coup de pied brutal ouvrit grand la porte.

Entièrement nu, le corps gras et fumant, Chank Dayo surgit hors de son repère. A la vue de son ourse et des deux hommes qu'elle avait piégés sur le toit, il en oublia sa troublante prémonition.

— Chank ! C'est moi, Billy II ! hurlait un des deux excités. Rappelle ta bestiole !

Une main sur le front pour faire écran à la réverbération de la neige, l'Inuit aiguisa son regard.

— Chank ! Appelle donc ton ourse, nom de Dieu !

Dayo reconnut alors son ami :

— Hey ! Tu malmènes encore ma vieille dame, hein, Starfoot ? T'es vraiment un sale type !...

6

Le rouquin pénétra à l'intérieur du hall luxueux de la Garlowe Publications Inc et se dirigea immédiatement vers le bureau de réception.

— Que puis-je faire pour vous ?

La réceptionniste grassouillette qui devait avoir la cinquantaine s'exprimait avec un pur accent du Bronx.

— Je suis Liam O'Toole. J'ai rendez-vous avec Lord Alfred Garlowe. C'est au sujet de mes poésies, je lui en ai proposé quelques-unes.

— Vous êtes poète ? demanda-t-elle d'un air dubitatif tout en observant sa puissante carrure, ses bras musclés et ses cuisses remplissant son pantalon militaire au point limite de l'éclatement.

— Un poète des champs de bataille, rétorqua-t-il.

— Attendez... fit-elle. Oui, bien sûr, Lord Garlowe vous attend. C'est la double porte, tout au fond du couloir. Je vais lui annoncer votre arrivée, vous pouvez y aller.

O'Toole combattit son envie de courir à travers

l'interminable couloir. Plus il progressait sur
l'épaisse moquette et plus son cœur tambourinait.
Liam voulait être publié avant de mourir et, aujour-
d'hui, quelqu'un s'intéressait à son travail. Etant
donné la nature de la mission qui attendait les
SOBs, ça n'était pas trop tôt. Dans des cadres, des
couvertures de livres de la Garlowe Inc. Books
ornaient les murs. Curieusement, il ne semblait y
avoir aucun recueil de poésies ; seulement une
kyrielle de livres pratiques du genre : « Comment
occuper votre temps », « comment jouer en solitaire », « comment jouer avec un partenaire », et de
nombreux autres livres sur des sujets médicaux cou-
rants tels que le SIDA et l'herpès, sur la vie après la
mort, sur l'astrologie… Lord Garlowe commençait
peut-être tout juste à se lancer dans la publication
de poésies ? Quoi qu'il en fût, la grosse tête de la
boîte new-yorkaise avait lu son travail et l'appréciait suffisamment pour lui demander un rendez-
vous. Cette journée lui appartenait et rien ne sau-
rait la gâcher.

O'Toole ouvrit la porte sans même frapper et
s'introduisit dans la vaste pièce. De grandes biblio-
thèques masquaient la plupart des murs et une
immense baie vitrée offrait un panorama sur Man-
hattan.

Un homme ridiculement petit vint à la rencontre
de Liam :

— Je suis Lord Garlowe, annonça-t-il en lui tendant une poignée de main froide accompagnée d'un
sourire parfaitement artificiel.

— Et voici Malcom Strangways, continua-t-il en
désignant l'autre occupant de la salle installé devant

un petit bar, un grand verre de whisky à la main, qu'il leva en guise de salut.

Des bracelets en or ornaient ses deux poignets. Ses bottes de parachutiste portant la marque Gucci et sa combinaison en provenance d'un grand couturier lui donnaient toute l'allure d'un soldat du dimanche.

— Asseyez-vous donc, invita Lord Garlowe. Et toi, Strangways, qu'est-ce que tu attends pour servir ce monsieur ?

— Un J and B, pur, si vous en avez, demanda O'Toole.

— Vous avez bien sûr déjà entendu parler de M. Strangways, fit Garlowe en contournant son immense bureau derrière lequel il disparut un instant avant de réapparaître sur son fauteuil capitonné de président.

— C'est un poète ? hasarda-t-il.

Strangways émit un petit rire moqueur à peine perceptible et tendit un verre à Liam.

— Un poète et un prophète, les deux à la fois, ironisa-t-il.

O'Toole observa le nez de Strangways. Sous une substance rosâtre ressemblant à du maquillage, la peau était d'un rouge betterave. La substance s'écaillait en petites particules ; certaines flottaient même à la surface de son whisky sans que cela ne paraisse le déranger.

— Non, Mr. O'Toole, observa le président et éditeur de la société. Mr. Strangways est un auteur à la renommée mondiale.

— J'écris la série « Le Destructeur », annonça ce dernier en gloussant encore davantage.

Liam jeta vers Garlowe un regard quelque peu désemparé.

— Du sang et des tripes, expliqua le Lord. De l'action et de l'aventure pour les hommes.

— Je suis désolé, annonça l'Irlandais, mais je n'en ai jamais entendu parler.

— J'ai pris la liberté de montrer vos poésies guerrières à Mr. Strangways. Il a été très impressionné.

— Oui, énormément, confirma l'auteur.

Un large sourire illumina le visage de Liam.

— Merci à vous deux. Mes poèmes sont tirés de faits réels, de choses que j'ai vécues, des gars que j'ai connus au fil des années. Quand pensez-vous pouvoir les éditer ?

Un brusque silence s'installa dans la salle.

— Vous avez l'intention de les publier, n'est-ce pas ?

— Pas exactement, rétorqua Garlowe.

O'Toole perdit aussitôt son sourire.

— Voyez-vous, continua la demi-portion, Garlowe Inc. publie « Le Destructeur » et Mr. Strangways a besoin de l'aide d'un assistant pour ses recherches.

Quelque chose venait de gâcher la journée d'O'Toole.

— Si je comprends bien, vous m'offrez un travail de bureau ?

— Pas exactement.

— Nous souhaiterions que vous m'aidiez à écrire les futurs romans de ma série, intervint l'auteur. Nous voulons les détails authentiques, du vrai, vous voyez ?

— Peut-être qu'en parcourant un de tes romans… fit Garlowe en posant un livre de poche sur le bureau devant l'Irlandais.

— Sur la couverture, c'est le « Destructeur », commenta Strangways, un véritable héros traduit en dix langues.

O'Toole observa le portrait du grand blond, torse nu, en plein milieu d'un combat mortel, et éclata de rire.

— Qu'y a-t-il de si drôle ? interrogea Strangways.

— Le héros a laissé le cran de sécurité sur son arme, expliqua Liam. Un 45 ne risque pas de faire grand mal comme ça. Les ennemis auront vite fait de le descendre.

O'Toole ouvrit le livre, parcourut rapidement une page ou deux, passa à un autre chapitre et partit à nouveau dans un éclat de rire. Lorsqu'il releva les yeux, il rencontra le regard attentif de ses deux interlocuteurs.

— Ce bouquin donne l'impression d'avoir été écrit par un chimpanzé, annonça-t-il.

La tension monta subitement dans la pièce.

Liam se dirigea vers le bar et remplit à nouveau son verre.

— Vous devez avoir de gros problèmes avec votre produit.

— C'est pour ça qu'il nous faut votre aide, rétorqua Garlowe, pour éviter ces petits problèmes, pour rectifier le tir, donner du punch à l'histoire. Je suis certain que nous pouvons arriver à un accord tout à fait équitable sur le plan financier.

— Je pensais que vous vouliez publier mes poèmes.

— C'est une possibilité, fit Garlowe, une possibilité pour l'avenir. Jusqu'à présent, le marché de la poésie est trop insignifiant pour être considéré.

O'Toole vida son verre de J and B.

— Nous sommes prêts à parler des clauses du contrat, assura Strangways.

— Franchement, messieurs, je n'ai pas besoin d'argent, annonça Liam. Et je ne pense pas que mon aide puisse rendre votre livre meilleur. Je viens d'une école de littérature particulière, celle où on vous apprend que vous ne pouvez pas écrire ce que vous n'avez pas vécu. Et j'ai la nette impression que Mr. Strangways ne vient pas de la même école.

— Vous refusez l'offre ? demanda Garlowe.

— Ecoutez, fit O'Toole avec un regard malicieux. Je viens d'apprendre qu'un corps expéditionnaire va quitter les Etats-Unis dans deux jours pour combattre les insurgés en Afrique. Une véritable guerre. Des balles authentiques qui vous traversent la chair. Du vrai sang, de vrais boyaux qui éclatent dans toutes les directions. Si Mr. Strangways désire s'y rendre, je peux lui arranger ça. Il sera ainsi au premier rang pour pouvoir écrire la vérité, le vécu.

Strangways était visiblement répugné par cette proposition, tout comme O'Toole l'espérait. Le rouquin vida le fond de la bouteille dans son verre.

— Mon offre tient toujours, fit Garlowe avant d'avaler la dernière goutte d'alcool.

L'auteur et l'éditeur échangèrent des regards écœurés.

O'Toole balança la bouteille dans la corbeille à

papier, s'approcha de la porte et se retourna avec un sourire gouailleur sur les lèvres :

— Si jamais vous avez besoin de quelqu'un pour écrire un livre sur les « soixante façons de se débarrasser de son adversaire », vous avez mon numéro.

Alex Nanos, dit le Grec, se leva encore chancelant du grand lit. A travers la porte ouverte de la salle de bains, il pouvait distinguer Sunny, la lumière de sa vie. Son corps magnifique apparaissait derrière la vitre translucide de la douche. Même ainsi, elle possédait le pouvoir de l'exciter, de le sortir d'un seul regard de l'ennui le plus profond.

Devant lui, le type qui lui faisait face dans le miroir avait l'air en piteux état. Il était amaigri, ses muscles lui paraissaient affaiblis et il se sentait veule.

Nanos se ramolissait complètement.

Quelques jours plus tôt, il avait demandé à Sunny de quitter son boulot de strip-teaseuse dans une boîte de San Francisco. Son côté Grec jaloux ne supportait pas l'idée que d'autres types bavent de plaisir devant le superbe corps de sa compagne. Bien sûr, il y avait une contrepartie : Sunny acceptait d'abandonner sa carrière si Nanos laissait tomber la sienne.

C'était bien plus dur qu'il ne l'imaginait. Il devenait difficile de trancher entre ses deux fantasmes de macho. Allait-il conserver celui du mâle honoré par une jeune et belle blonde en adoration pour son homme ou celui du soldat de fortune, sans racines, impitoyable et grassement payé ?

Nanos s'observa encore dans la glace.

— Le sexe, c'est fantastique, pensa-t-il, « même quand ça blesse ».

Et ces derniers temps, les blessures étaient de rigueur. Il se traîna mollement jusqu'à la salle de bains et attendit à côté de la douche. Maintenant tout près de Sunny, il distinguait bien mieux ses formes pulpeuses et soupira.

— Alex ? lança-t-elle par-dessus le bruit de l'eau. Mes parents arrivent ce soir. Ça ne te dérange pas, hein ?

Le Grec émit un petit grognement. Il y avait certains inconvénients à partager la vie d'une jeune femme qui aurait très bien pu être sa fille. Sunny était née et avait grandi en Californie. Originaires du Middle West, ses parents avaient quasiment le même âge que Nanos. Leurs attitudes restaient néanmoins très différentes des siennes. Ils pratiquaient le nudisme, étaient pacifistes et végétariens. Le Grec, de son côté, envisageait mal la nudité publique de la femme qu'il aimait, restait avant tout un guerrier de métier et un mangeur de viande impénitent. Pour combler le tout, les parents de Sunny croyaient avoir la divine mission de changer le style de vie d'Alex, d'étendre sa conscience. Un après-midi passé avec eux vous garantissait un formidable mal de tête.

— Alex ?

— Ouais ?

— C'est d'accord pour ce soir ?

— Ouais, bien sûr, rétorqua-t-il en rebroussant chemin vers la chambre.

Il savait qu'une nouvelle mission attendait les SOBs et qu'il pourrait y participer s'il le demandait à Barrabas ou à O'Toole. Il savait également qu'il perdrait Sunny s'il participait à l'opération.

Nanos et les SOBs restaient toujours fidèles à Barrabas. Non pas pour l'argent, ni pour la stupide légende prétendant qu'une force mystique le protégeait des balles — Barrabas était mortel comme tout le monde — mais parce qu'il conduisait ses soldats à la limite, là où personne n'oserait s'aventurer, dans des missions que personne ne voulait effectuer à leur place. Parce qu'ils retrouvaient la fierté d'eux-mêmes. Le goût du danger, l'excitation du combat et du défit à la mort.

C'était le genre de chose que Sunny ne comprendrait jamais.

— Alex ? appela-t-elle à nouveau.

Nanos enfila son slip et son vieux jean sans répondre.

— Alex, tu ne viens pas te doucher avec moi ?

Il termina de s'habiller et chaussa ses tennis.

— Alex, j'ai là quelque chose que tu adores...

Un léger frisson lui chatouilla la nuque, mais il conserva le silence, soupira une dernière fois et quitta enfin la pièce.

Pour ne plus y revenir.

7

J. Cruikshank observa le décor de l'hôtel-bar Parima avec un dégoût non dissimulé.

Barrabas alluma un cigare, posant sur Cruikshank un même regard répugné. Le magouilleur californien entrait dans une catégorie d'individus que le colonel détestait par-dessus tout : un type suréduqué, sans talent, pleurnichard et sournois. Mais aussi un grand nerveux : le simple bruit d'une pièce insérée dans un juke-box le faisait sursauter comme une grenouille sous expérience biologique. Grand et mince, à l'exception d'un léger bourrelet de graisse en formation autour de la taille, il dissimulait un visage anguleux et grêlé sous une abondantc barbe.

Une des prostituées employées par le Parima accepta l'invitation à danser d'un des clients du bar et commença à onduler de la croupe au grand plaisir de la clientèle masculine.

— Pourquoi diable avez-vous choisi ce gourbi ? demanda Cruikshank.

— Il a un faible pour ce genre d'endroit, fit Gunther Dykstra.

Le géant blond embrasa le cigare qu'il venait de tirer de la poche de chemise de Barrabas.

— En fait, je ne veux plus qu'il utilise le Lido pour ses rendez-vous.

Gunther faisait allusion au Nigth club qu'il tenait et qui lui servait à blanchir ses profits illégaux. C'était également un lieu de renaissance du Rock and Roll des années soixante, époque pour laquelle il était resté fasciné.

— Le Ruskof n'est pas là ? fit Cruikshank sans s'adresser à quelqu'un en particulier.

Le « Ruskof » était en fait un *rezident* du GRU à Amsterdam, prêt et disposé à conclure le marché avec le nouveau cartel des SOBs et de Cruikshank.

— Le voilà, fit Gunther en voyant entrer un client.

Un homme à l'allure distinguée vint s'asseoir à leur table, face à Barrabas.

— Je m'appelle Trutnev, annonça-t-il en présentant ses papiers d'identité. Peut-on parler en toute sécurité ?

— Vous n'avez pas d'inquiétude à vous faire, déclara Barrabas.

— Où est la marchandise ? demanda Trutnev à Cruikshank.

— Nous l'avons laissée aux Etats-Unis. Elle n'en sortira que lorsque nous aurons des garanties satisfaisantes de votre part.

— C'est-à-dire ?

— Paiement comptant dès l'instant où l'article quitte Rio sous votre responsabilité, expliqua Cruikshank.

Trutnev resta sans expression.

— J'avais cru comprendre que vous viendriez en personne, observa-t-il. Que vous et votre associé deviez venir ensemble.

— J'ai prévu de nouveaux plans. Ma présence n'est pas nécessaire sur place.

Trutnev n'appréciait visiblement pas ce changement.

— Ça n'était pas prévu de cette manière. Il devait y avoir un appareil officiel de l'Aéroflotte et tout le monde devait voyager ensemble.

— Mr. Cruikshank a des crises d'allergie chroniques ainsi que des poussées de fièvre jaune, dit Gunther, sérieux.

— Ce n'est pas un problème, intervint Barrabas. Qu'il vienne ou pas, mes hommes sont payés pour livrer et installer la marchandise. C'est exactement ce que nous avons l'intention de faire.

Gunther attira l'attention de Barrabas d'une pression du genou sous la table. Deux types venaient d'entrer dans le bar, impeccables, les cheveux coupés court, la barbe fraîchement rasée. Tous deux prirent place à proximité du petit comité, retenant difficilement leur envie d'épier Barrabas et ses interlocuteurs. Ils puaient à plein nez le ministère des affaires étrangères et faisaient à coup sûr partie de l'équipe chargée de surveiller J. Cruikshank.

— Je crois qu'il est temps d'interrompre la discussion, déclara le colonel.

Trutnev jeta un coup d'œil sur les arrivants et comprit.

— Nous nous verrons à Rio comme prévu, indiqua-t-il.

— Hôtel Copa, Ipanema Beach, précisa Cruikshank. N'oubliez pas, je veux être payé cash.

Le *rezident* du GRU opina de la tête, se leva et quitta le bar.

Les deux types du ministère commandèrent des bières, feignant d'être intéressés par le bébé chimpanzé accroché au bras du serveur. Le singe faisait partie de l'atmosphère unique du club.

— Je ne fais pas confiance à ce salaud de communiste, observa doucement Cruikshank.

Barrabas fit claquer sa langue.

— Je croyais que vous étiez un homme aux convictions politiques affirmées...

— Des conneries, lâcha l'entrepreneur. D'ailleurs, je ne vous fais pas plus confiance. Croyez bien que si j'avais pu prendre quelqu'un d'autre pour faire le travail, je ne me serais pas gêné.

— Eh bien, la confiance règne ! fit Gunther.

— Quoi qu'il en soit, nous devons marcher ensemble pendant un certain temps. Il faudra bien vous y faire. Maintenant, il est temps de nous séparer.

Cruikshank se redressa :

— Je serai sur place dans trois jours. Je compte sur votre présence et celle de vos hommes à mon arrivée sur place.

— Bye-bye, fit Barrabas.

Cruikshank quitta aussitôt la pièce.

— Regarde-moi ça ! s'exclama Gunther.

Les chiens de sang du ministère abandonnaient précipitamment leurs bières pour se couler derrière Cruikshank.

— On dirait des mouches à merde, observa Barrabas en rigolant.

— C'est tout à fait mon avis, rétorqua Gunther en s'installant confortablement. Tu sais, je crois que ton plan va se dérouler au poil. Je crois même que les SOBs auront droit au tapis rouge jusqu'au cœur de Madame Russie.

Barrabas mâchonna le bout de son cigare.

— Ouais, ça me semble bien parti. Les Russes font tout ce qu'ils peuvent pour nous transporter exactement où nous voulons nous rendre. Pourtant, les choses ne seront pas toujours aussi simples. Entrer en URSS reste encore la partie la plus facile...

8

Anatoly Léonov astiquait le plancher du grand couloir, s'activant dans l'espoir de finir avant qu'un des forçats privilégiés ne vienne vérifier la couleur de son eau. Une telle vérification signifierait l'ordre d'aller changer sa vieille eau contre celle du puits au milieu du camp. Dans son état, c'était la chose la plus difficile à imaginer. La douleur sourde et lancinante provoquée par ses nombreuses côtes cassées devenait intolérable.

Léonov pensait vraiment pouvoir terminer avant qu'un contrôle n'intervienne, mais ses espoirs s'envolèrent lorsque des bruits de pas retentirent derrière lui.

Ce fut au moment de sortir la serpillière du seau qu'une paire de main l'agrippa par les cheveux, lui plongeant brusquement la tête dans le liquide souillé. Son crâne heurta avec violence le fond du récipient, l'eau jaunâtre s'infiltra dans ses narines et Léonov, pris de panique, se débattit sauvagement. Les puissantes mains accentuèrent leur pression.

Brusquement, un cri de colère lui parvint à travers les parois du seau.

Les mains lachèrent enfin prise et Léonov émergea aussitôt du liquide, toussant et crachant.

— J'ai bien dit que personne ne le touche, grogna Kruzhkov à l'adresse du malfrat. Le pari doit se dérouler honnêtement, peu importe celui qui le remporte.

Léonov savait qui serait le vainqueur, et il n'y aurait rien de juste dans tout cela. Chacun des deux parieurs avait présumé le jour de la mort naturelle du prisonnier. Si celle-ci ne survenait pas avant le jour choisi par Kruzhkov, le salaud était certain de gagner.

— Si t'es fatigué, fit Kruzhkov à Léonov, va t'asseoir avec les autres crevards et repose-toi un peu.

Léonov tenta de se redresser, n'y parvint pas et se résigna à avancer en rampant à quatre pattes jusqu'au groupe de ses nouveaux camarades entassés devant le fourneau de la cantine. Les *Dokhodyaga* gisaient comme des poupées cassées, émaciés, faméliques, le regard creux et figé. Léonov s'installa parmi eux, ferma les yeux et tenta d'oublier sa souffrance.

Au bout de quelques minutes, Kruzhkov vint le tirer de son sommeil pour lui remettre un petit paquet.

— Tiens, mange ça, ordonna-t-il, tu dois vivre encore quelque temps.

Le biologiste attrapa le paquet et regarda partir son persécuteur-bienfaiteur avant de s'écarter de quelques mètres pour découvrir ce qu'on lui offrait. Le papier gras fut rapidement enlevé, dévoilant une barre de chocolat, produit interdit à Slash Un. Pendant quelques secondes, l'envie de la dévorer l'obséda. Il porta aussitôt la nourriture à ses lèvres, mais s'arrêta aussi vite.

— Je ne suis pas un animal, pensa-t-il, pas un animal.

Replaçant la barre de chocolat dans son enveloppe, il retourna vers ses camarades et distribua un morceau à chacun d'eux. Certains n'eurent aucune réaction, d'autres parurent se ranimer. Il prit à son tour la part qui lui était réservée et la laissa fondre doucement dans sa bouche.

Kruzhkov voulait le faire durer suffisamment longtemps pour gagner son pari. Le chocolat le conserverait en vie pendant encore deux ou trois jours.

Il exposa son dos à la chaleur du fourneau. Les frissons le reprenaient. Les fractures de ses côtes étaient sérieuses. Au régime des demi-rations, son corps ne pourrait pas combattre l'infection.

Ses pensées rejoignirent alors sa famille, sa femme et ses enfants, priant pour que rien ne leur soit arrivé. Il savait trop bien qu'en Union Soviétique les péchés d'un père devenaient aussi ceux du fils et de la fille. Avant son arrestation, il avait cru pouvoir les sortir du pays, mais cela s'était avéré impossible.

Il avait eu beaucoup de moments de bonheur avant son opposition, avant l'ostracisme, l'humiliation publique, la prison. Pourtant, rien de tout cela n'importait autant que ce qui s'était déroulé par la suite. Il eut brusquement envie de serrer ses enfants contre lui, de toucher leurs cheveux, leur visage, de les voir sourire.

Les frissons s'amplifièrent, l'obligeant à se recroqueviller sur le sol en position de fœtus. Autour de lui, tous les autres se tenaient de la même manière, pour se rendre au même endroit, par le même chemin de souffrance, vers la mort.

Les yeux clos, il put revoir son ami Valentin, pendu à l'arbre, ainsi que le morceau de son corps rôtissant au milieu des flammes. Une société qui gâche de tels hommes est condamnée, pensa-t-il, aussi condamnée que moi.

Valentin n'avait peut-être pas souffert.

Peut-être pas...

Léonov croyait à l'existence de l'âme et se demandait ce que celle de Valentin pensait en voyant sa dépouille mortelle se consumer.

Il s'en moquait certainement.

Et c'était mieux ainsi.

Mon Dieu... Cher Valentin, continua-t-il à penser, comme j'ai besoin de vous à présent.

9

Barrabas observait le paysage à travers la véranda de Casa Hatton, ombragée par la treille. Le monde entier semblait gris et pluvieux. Les figuiers et les amandiers de l'*estancia* s'étaient transformés en squelettes faméliques.

— Ils vous attendent tous à l'intérieur, fit une voix féminine derrière lui.

Cette voix appartenait au docteur Leona Hatton, propriétaire du ranch situé au cœur de l'île de Malaga. Leona était aussi la seule femme de la troupe d'élite des mercenaires connue sous le nom de Soldats de Barrabas.

Le colonel se détourna, observa la splendide jeune femme. Un sourire rayonnant éclairait son visage et ses yeux sombres, intensifiant encore sa beauté. Ses cheveux coupés très court, comme un homme, étaient d'un noir de jais. Barrabas pensait souvent que son père, le Général Hatton, voulait un garçon. Ce qu'il avait reçu était bien spécial : une femme d'esprit, possédant une grande force physique ainsi qu'une grande intelligence. Docteur

Lee était avant tout le chirurgien de la troupe. Mais elle était aussi experte en art de combat ; elle pouvait blesser ou tuer tout autant que guérir.

— Liam m'a appris que la mission n'autorise qu'un nombre limité de personnes à vos côtés, fit-elle, toujours souriante. Et vous m'avez inscrite sur la liste.

— C'est exact, vous faites partie de la mission, confirma Barrabas. Mais vous ne me remercierez peut-être pas par la suite...

— Nous ferions mieux d'y aller maintenant, conseilla-t-elle, les hommes commencent à perdre patience.

Ils entrèrent dans l'ancienne bâtisse délabrée en contournant de nombreux seaux qui servaient à récupérer l'eau de pluie s'infiltrant par le toit. Cela faisait près d'un an que Leona et Claude Hayez entreprenaient la restauration de l'estancia. Le travail était considérable et aurait nécessité une bonne cinquantaine de bras supplémentaires. Mais leur base devait demeurer secrète.

Lorsque Barrabas pénétra dans le grand salon, les mercenaires observèrent un silence respectueux. Ils étaient neuf, en comptant le colonel. Neuf alors qu'une époque les avait comptés au nombre de treize. Les douze derniers mois leur avaient valu la perte de quatre de leurs compagnons : Chen, Boone, Biondi et Lopez.

— La mission que nous allons entreprendre rapportera à chacun de vous un million de dollars, fit Barrabas en s'approchant d'un grand planisphère accroché au mur. C'est jusqu'à présent le plus haut salaire que nous ayons obtenu. Vous savez, à part

Chank Dayo, qui n'a encore jamais combattu avec nous, que vous recevrez l'intégralité de votre paye avant de partir. Selon toute probabilité, certains d'entre nous ne vivront pas pour profiter de cette somme. Il se peut même qu'aucun d'entre nous n'en profite.

— Ça m'a tout l'air d'une nouvelle « bombe iranienne », dit Hayes.

— C'est pourtant bien plus dangereux que la mission iranienne, expliqua Barrabas. Nous aurons à intervenir en plein cœur de l'Union Soviétique, à mille cinq cents kilomètres des frontières de l'Ouest, plus exactement.

Un silence pesant s'installa dans la pièce. Après tout, un million de dollars ça n'était pas une si bonne affaire.

— Un scientifique dissident est en train de croupir dans un goulag sibérien. A peu près ici, indiqua-t-il sur la carte, à l'est de l'Oural. Notre mission consiste à le sortir vivant de son trou. Si l'un d'entre vous désire se retirer de l'opération, qu'il le fasse maintenant, avant que j'en vienne au plan de bataille. Je garantis que personne ne jugera celui qui renoncera.

— On a rien de mieux à faire, colonel, déclara-Billy II, sinon on ne serait pas ici.

— Quel est le plan ? interrogea Nanos.

— Au début, tout au moins, nous serons placés sous l'aile du GRU. Beck, explique-leur la suite, tu veux ?

Le génie des ordinateurs redressa sa silhouette chétive et prit la parole :

— Les Soviétiques veulent obtenir un tableau

processeur ultra-perfectionné pour une de leurs plus importantes usines de fabrication de chars. Nous utiliserons donc cet appareil comme appât pour nous rapprocher du goulag.

— Tu veux dire que nous allons leur livrer le matériel pour les aider à construire des tanks ? interrogea Hayes.

— Tout ce qu'ils récolteront, c'est une fameuse surprise et un royal coup de pied au cul.

— Je ne pourrais emmener avec moi que cinq d'entre vous, continua Barrabas, et mon choix est déjà fait. Je partirai donc avec O'Toole, Beck, Hatton, Billy II et Dayo. Nous installerons le processeur dans leur ordinateur principal, selon les instructions de Beck. Ça ne devrait pas nous prendre plus de deux jours. Le goulag se situe approximativement à cinquante kilomètres de l'usine. Nous ne pourrons donc pas surveiller notre cible avant l'attaque. Le GRU va nous coller comme une seconde peau. Pour pouvoir agir et quitter les lieux rapidement, nous allons devoir piquer un avion. Evidemment, on ne pourra le faire qu'une seule fois. O'Toole, montre-leur les photos prises par satellite.

Le rouquin se leva de sa chaise et plaça deux agrandissements de photographies sur la carte.

— Le camp est composé de deux camps séparés par un marais gelé, expliqua-t-il. Le plus grand des deux renferme les criminels ordinaires, c'est le mieux gardé. Il est situé au bord du terrain d'atterrissage que nous devrons utiliser pour entrer et repartir. Voici notre cible : le plus petit des deux camps. Il est entouré par une double palissade. Celle qui est à l'intérieur est en pieux de bois d'environ trois mètres cinquante de haut. La palissade extérieure est en barbelé. Aux quatre coins : des miradors équipés de mitrailleuses et de projecteurs. Des chiens de garde patrouillent avec les soldats.

— Combien de soldats en tout ? demanda Billy II.

— Une quarantaine dans le camp principal, vingt dans celui qui nous intéresse. Tous appartiennent au KGB et n'hésitent pas à distribuer de généreuses doses de plomb. Nous aurons cependant quelques avantages...

— Sans blague ? Ça c'est vraiment génial ! ironisa l'Indien.

— D'abord, enchaîna Barrabas, ces camps ont été conçus pour retenir des prisonniers, donc des personnes non armées, et pas pour faire face à des offensives extérieures. Ensuite, et bien plus en notre faveur, personne n'a encore jamais tenté quoi que ce soit de ce genre avant nous. Les Soviets sont donc loin d'imaginer un coup pareil.

— Six contre soixante, ça me paraît tout de même très équitable, fit Nanos. Pourquoi ne pas prendre tous les hommes avec vous, colonel ?

— Ils sont déjà nerveux de nous savoir six, rétorqua Barrabas. Notre réputation semble nous avoir précédés.

Cette explication provoqua l'hilarité au sein des SOBs suivie par des applaudissements d'auto-congratulation.

— Ne t'inquiète pas, Nanos, continua le colonel, j'ai prévu du boulot pour tout le monde.

— Comment allons-nous faire pour prendre le terrain d'atterrissage ? demanda Dayo.

— Par les armes, rétorqua O'Toole.

— On ne peut pas entrer en Russie avec des armes, observa Hayes.

— C'est exact, et c'est pourquoi tout notre armement nous sera fourni lorsque nous serons à l'intérieur du pays, expliqua O'Toole. Certains d'entre vous ont peut-être déjà rencontré « l'Arrangeur », alias Walker Jessup.

— Ce bon vieux Jessup ! fit Nanos.

— Eh bien, il s'est débrouillé pour que quelques négociants libres de Latvia nous fournissent tout ce dont nous aurons besoin. Bien sûr, il n'y aura que du matériel soviétique.

— Descendre des communistes avec leurs propres balles, songea tout haut Billy II, il y a quand même une justice dans tout ça.

— Okay, fit Dayo. Je vois comment isoler facilement cette taule. Je veux dire qu'elle est située dans un trou perdu. L'hiver touche à sa fin. Les routes sont tout juste utilisables. Les lignes téléphoniques pourraient bien être coupées, les transmissions radio brouillées ou inexistantes. Mais le problème reste la distance entre le camp et l'endroit où vous avez l'intention d'atterrir. Nous aurons certainement une centaine de MIGs à nos trousses avant d'arriver près d'une frontière.

— Billy II m'a fait l'éloge de tes qualités de pilote dans ce genre de région, fit Barrabas. C'est pour toi une chance de le prouver. Tu devras nous conduire dans l'espace aérien finnois.

Dayo semblait peu enthousiasmé par cette perspective.

— Quelque chose ne va pas ?

L'Esquimau s'apprêtait à donner son avis, mais il changea brusquement d'idée.

— Non, tout va très bien. Et d'ailleurs, si quelqu'un est capable de vous sortir de là, c'est bien moi.

— Qu'est-ce que feront les autres ? demanda Hayes.

— Le transfert de la marchandise va s'effectuer de Nice jusqu'à Rio, expliqua O'Toole. Nanos et toi, vous ménagerez une petite diversion pour que Gunther et Beck puissent sortir le matériel juste sous le nez de la CIA et du ministère des Affaires Etrangères.

L'Irlandais marqua une pause avant de poursuivre :

— Si nous réussissons l'opération, nous devrons tous disparaître de la circulation pendant un certain temps. C'est clair ? Nous devrons tous nous faire oublier.

— A cause des représailles du GRU ? fit Nanos.

Barrabas opina de la tête. A présent, les choses étaient plus claires.

— Nous n'aurons pas assez de temps pour nous entraîner, poursuivit O'Toole. Et, honnêtement, ça ne fera aucune différence au bout du compte. Ou nous prenons ces types par surprise, ou bien c'est nous qui l'aurons dans le cul.

— J'aurais préféré qu'on y aille tous, dit Nanos.

— T'as toujours la tâche facile, lui renvoya Billy II.

— Tu peux toujours changer avec moi.

— Va te faire foutre !

— Billy, intervint O'Toole, personne n'a de tâche plus facile qu'un autre dans cette mission.

Qu'il s'agisse du KGB ou de la CIA, le coup est tout aussi hasardeux pour notre vie.

— Il faudra descendre nos propres gars ? demanda Hayes.

— S'il n'y a pas d'autre solution pour ouvrir le passage à Gunther et Beck, vous avez le feu vert, déclara Barrabas. Tous vos passeports, visas et billets d'avion sont prêts. Le groupe à destination du Brésil partira de Madrid demain après-midi. Nous autres prendrons le départ pour Moscou deux jours plus tard.

— Ça nous laisse pas mal de temps, déclara Nanos.

— Du temps pour quoi faire ? s'enquit Billy II.

— Du temps pour faire un peu la foire, avant…

— Déconne, vieux, fous-toi en l'air en attendant le top du départ, et tu seras le premier à rester sur le carreau. Nous aurons besoin de toute notre forme pour réussir.

Claude Hayes ne parvenait pas à trouver le sommeil. Dans le bungalow qui lui servait de chambre, les gouttes d'eau s'échappant par le toit venaient inlassablement plonger dans un grand seau déjà presque plein, contribuant à le maintenir éveillé. Mais il y avait une autre cause à son insomnie : la pensée de descendre un pauvre type pour le bien d'une mission le tracassait.

Il enfila son poncho, attrapa au passage une torche électrique et sortit en direction de la casa pour se préparer un café.

En arrivant dans la véranda, il aperçut une lumière provenant de l'atelier de Nate Beck et décida de s'y rendre. Lorsqu'il frappa contre le battant de la porte ouverte, le gars petit et sec affairé devant son établi sursauta.

— Hey, Claude ! Entre… fit-il.

L'œil rivé derrière une puissante loupe, Beck observait une pièce de microcircuit très complexe.

— Qu'est-ce que tu fabriques ? demanda Hayes.

Beck minauda :

— Quelque chose de très important, très, très important. Tu as déjà entendu parler de tableaux processeurs ?

— Ouais, vaguement. Ils ont des fonctions très spécifiques…

— Cette petite beauté-là, c'est la copie exacte de l'appareil ultra perfectionné qui fait tellement bander les Soviets. En fait, il semble identique, fonctionne de la même façon, mais il y a une très grande différence…

— Ouais ?

— Ce tableau-là possède son propre micro ordinateur. Juste à cet endroit. J'ai dû changer le revêtement pour qu'il ait tout d'un processeur ordinaire. L'appareil fera exactement ce qu'il est supposé faire : accélérer les performances des systèmes IBM pendant vingt-quatre heures. Après quoi, le micro ordinateur entrera en jeu pour dérégler le processeur central principal. Je l'ai programmé pour qu'il localise toutes les données et les remplace par un superbe zéro.

— Un zéro ?

Beck opina de la tête.

— Le système est très bien étudié, Claude : nous allons sur place pour accélérer leur production de tanks, tout est parfait… Jusqu'à ce que nous soyons en sécurité sur le chemin du retour. Ensuite, cette petite pièce commence à effacer tout ce qu'ils ont en mémoire. Il leur faudra un bon mois pour réaliser ce qui se passe. Après, ils devront reprogrammer l'usine dans son intégralité.

— Nate, t'es un vrai génie, fit Hayes.

— Non, le génie c'est le colonel. C'est lui qui m'a expliqué le déroulement des choses, je n'ai fait que suivre ses directives. Nous substituerons mon tableau processeur à l'original, à Rio.

— Ouais, Rio, murmura Hayes en se souvenant de ce qui l'empêchait de dormir.

— T'as un problème ?

— Exact. Il y a que je ne veux pas descendre un Américain qui s'efforce de faire son sacré boulot. C'est dégueulasse !

— Si c'était un travail propre, on ne nous aurait pas demandé de le faire, tu sais bien ça.

— Ouais, je sais.

— Alors, regarde un peu le bon côté des choses. Pense que tu n'auras probablement pas besoin de descendre qui que ce soit. Il est très probable qu'on réussisse les doigts dans le nez.

— Merci, fit Hayes avant de partir préparer son café.

Pourtant, malgré l'optimisme de Beck, tous deux savaient que leurs chances de réussir étaient très faibles, pour ne pas dire quasiment inexistantes…

Chank Dayo, assis contre un figuier, contemplait le lever du soleil tandis que la pluie froide lui mouillait la tête et les épaules. Une branche craqua.derrière lui.

— Dayo, qu'est-ce que tu fabriques ici ? demanda Billy II en s'accroupissant à ses côtés. T'as passé toute la nuit dehors ?

L'Esquimau ne répondit pas.

— T'essayes de prouver quel type solide tu es ?

Dayo leva les yeux vers son copain du Viêt-nam. Ils avaient passé de bons moments ensemble, de sacrés moments, dans les Marines. S'il y avait quelqu'un à qui il pouvait raconter ses problèmes, c'était bien Billy.

— J'ai fait un rêve complètement dingue, expliqua-t-il. Il revient presque toutes les nuits. Je me vois en train de me faire flinguer.

— Bah ! un rêve ça peut pas faire de mal.

— Mais ce n'est pas un rêve ordinaire. Il me poursuit depuis des semaines. Bien avant que tu viennes me chercher avec Hayes. Il y a même une piste d'atterrissage, des cris et des fusillades, des mots que je ne comprends pas. Je crois que c'est une prémonition. C'est ce qui va m'arriver quand nous serons à des milliers de kilomètres à l'intérieur de la Russie. Je vais crever sur cette piste d'atterrissage en Sibérie. Vous, les gars, vous serez pris au piège, coincés, sans pilote pour vous tirer de là, et toute l'Armée de l'air soviétique se fera un plaisir de vous descendre.

Billy II observa quelques instants le sombre visage de l'Esquimau.

— C'est ça qui te ronge depuis quelque temps, hein ? Merde ! Dire que j'ai vanté tes qualités aux autres, et que tu fais ta grande entrée la tête basse !

— Je ne suis pas d'humeur à faire la fête.

— Ecoute, si tu crois vraiment que tu vas y laisser ta peau, pourquoi ne dis-tu pas au colonel que tu ne peux pas y aller ? Il trouvera quelqu'un d'autre pour nous piloter.

— Je ne crois pas qu'on puisse échapper à un vrai rêve. Je pense que ça vous suit et que ça se réalise, peu importe ce que tu fais et où tu vas.

— Hey, Chank ! Ecoute… On se couvrira mutuellement. Je ferai en sorte que rien ne t'arrive. Ça sera comme au bon vieux temps. Qu'est-ce que tu en dis ?

— D'accord, Billy.

— Allez, viens te mettre des vêtements secs, ensuite on ira déjeuner à l'intérieur.

— Okay.

Billy II regarda son ami s'acheminer lourdement vers son bungalow. Un « vrai » rêve ? Où diable Dayo avait-il déniché de pareilles conneries ? Dans des livres de poche, sans aucun doute…

10

Claude Hayes observait le paysage depuis le balcon de la suite de J. Cruikshank, au dix-neuvième étage de l'hôtel. Des milliers de Brésiliens s'agglutinaient sur le sable blanc d'Ipanema Beach. Hayes repensa aux filles de Carioca qu'il avait rencontrées quelques heures plus tôt, excitantes et pulpeuses dans leurs minuscules bikinis.

Il attrapa le mini-Uzi dans sa main gauche sans quitter des yeux le panorama.

Le *boardwalk* qui séparait la plage de la circulation était décoré par un dessin asymétrique gris et noir censé être apprécié depuis les étages des immenses hôtels bordant la plage. Sur la route côtière, la circulation se faisait très difficilement.

Dans la chambre contiguë, chacun vérifiait son matériel.

C'était l'heure idéale pour les sales boulots.

Hayes réintégra la chambre où se déroulait enfin la grosse transaction. J. Cruikshank était installé sur un des grands lits de la pièce, en slip de bain. Une trop forte dose de soleil de Rio avait brûlé ses épaules et son dos. Sur le lit opposé au sien attendait Trutnev, l'homme du GRU. Chacun d'eux avait un attaché-case ouvert en évidence sur le couvre-lit. Celui de Cruikshank contenait le dernier cri de la technologie. Celui de Trutnev, le prix demandé : dix millions de dollars en diamants taillés.

— C'est parfait, je suis tout à fait satisfait, fit Cruikshank en reposant les quelques pierres précieuses qu'il venait de vérifier. Le tableau processeur est à vous.

Ils échangèrent sans plus attendre leurs mallettes. Trutnev observa soigneusement l'objet qu'il venait d'acquérir :

— Si ce système ne fonctionne pas comme prévu, soyez sûr que je saurai me faire rembourser.

— Je garantis toujours ma marchandise, rétorqua Cruikshank. Et vous savez où me trouver. Chambre 1910. Je n'ai pas prévu de bouger.

— Parfait, il est temps de partir, fit le Russe en refermant son attaché-case et en se redressant.

Temps de partir.

Hayes put sentir une goutte de sueur perler sur son front. Tout va bien se dérouler, pensa-t-il en enfilant sa fine veste en coton dissimulant son mini-Uzi dans son holster d'épaule. L'arme était déjà prête à l'action. Ils n'avaient qu'à parcourir les quelques mètres qui les séparaient de l'ascenseur. Gunther attendait à l'intérieur, transportant des attachés-cases identiques. Un échange serait effectué une fois les portes fermées et Gunther et Beck descendraient à l'étage suivant, empruntant les escaliers jusqu'à la rue. Hayes, Nanos et les trois hommes du GRU resteraient dans l'ascenseur jusqu'au rez-de-chaussée.

Une fois au dehors, les types du ministère des Affaires Etrangères intercepteraient les Soviétiques pour les fouiller, ne trouvant que des papiers d'affaires dans leurs valises. Gunther et Beck ne seraient pas inquiétés.

La simplicité même.

Tous les cinq quittèrent la suite ensemble. Ils se trouvaient encore au milieu du couloir lorsque le piège se referma sur eux. De chaque côté du couloir, les portes s'ouvrirent simultanément.

— Ne bougez plus ! lança un type en short et en tee-shirt, armé d'un .38 à canon court pointé vers le petit groupe.

Il fut très rapidement rejoint par de nombreux autres gars tous aussi armés et aussi sérieux.

— Merde ! marmonna Hayes.

Il ne pensa même pas à utiliser son pistolet-mitrailleur, l'avantage était pour l'instant aux hommes du ministère. Mais les choses prirent brusquement une tournure différente. Un des hommes du GRU possédait manifestement davantage de plomb que de cervelle. Il ouvrit soudain le feu sur les nouveaux arrivants à travers son pardessus.

En une fraction de seconde, tout se précipita. Des détonations claquèrent. Quelque chose déchira l'oreille droite de Hayes. Le choc engourdit la moitié de son visage, mais pas sa réaction qui fut immédiate. Le mini-Uzi crépita aussitôt en direction des adversaires.

— Connards ! cracha-t-il par-dessus les vomissements de l'automatique.

Du coin de l'œil, il vit brusquement la tête de Trutnev exploser en une énorme fleur pourpre. Des magmas de chair et de sang furent projetés sur le mur.

A l'autre bout du couloir, Nanos était plus à l'abri qu'il ne le souhaitait vraiment : deux hommes du GRU lui dissimulaient sa cible. Le Grec connaissait bien les particularités des projectiles 9 mm parabellum. Il ne tenta pas d'éviter les Russes mais tira à travers leurs corps pour atteindre les attaquants.

La mêlée sanglante ne dura que huit secondes au bout desquelles il ne restait plus que deux hommes debout : Nanos et Hayes.

— Bon sang de merde ! grogna Nanos en s'appuyant contre la porte de l'ascenseur.

Il était couvert de sang, depuis les pieds jusqu'à la tête.

Hayes sentit couler quelque chose de son cou. Son col de chemise était lui aussi imprégné du liquide rouge. En passant la main sur son oreille, il réalisa qu'il n'avait plus de lobe.

— Ça, ce n'était que le hors-d'œuvre, fit le Grec.

— Ouais, c'est bien ce que je crois aussi.

— J. Cruikshank jouait un double jeu ! fit Nanos. On devrait récupérer les diamants rien que pour les problèmes qu'il nous a créés.

— On n'a pas le temps, observa Hayes en arrachant la mallette de la main sans vie de Trutnev.

Son geste déplaça le corps inerte d'un des hommes du GRU. Le cœur du cadavre battait encore, projetant un flot ardent de sang à travers une grosse artère, jusque sur les vêtements de Hayes.

— Bon Dieu ! s'exclama-t-il. Grouille-toi ! Appuie sur le bouton.

Nanos s'exécuta et les portes de l'ascenseur s'ouvrirent. Nate et Gunther découvrirent alors le carnage.

— Putain ! lâcha Nate.

— Où en est notre petit plan de sortie si simple ? fit Gunther, tandis que Hayes pénétrait dans la cabine, immédiatement suivi par Nanos.

— On va devoir continuer à l'instinct, annonça le Grec.

— Le plan suit son cours, grogna Hayes en appuyant sur le bouton d'arrêt à l'étage inférieur.

Il se débarrassa ensuite de sa veste et engagea un nouveau chargeur dans le magasin de l'Uzi.

Beck lui tendit un mouchoir.

— Tu ferais mieux de mettre un peu de pression sur cette oreille.

Hayes appuya l'étoffe contre sa blessure.

— Nous n'avons pas le choix, fit-il aux autres, nous devons nous séparer comme convenu au début. Nanos et moi ouvrirons le feu pour vous permettre de vous tirer.

— Ouvrir le feu ? lâcha le Grec. Je pense qu'on ferait mieux de se planquer dans la piaule la plus proche et attendre qu'ils se ramènent pour les aligner. Les fédés n'aiment pas qu'on touche à leurs gars, et je crois qu'on les a bien amochés.

— Nous continuons tout droit. Comme prévu. Si on essaye de sortir tous ensemble, ils finiront par nous avoir tous et la marchandise avec.

L'ascenseur ouvrit ses portes sur le couloir vide.

Ils échangèrent leurs attachés-cases avant que Gunther et Beck ne quittent la cabine.

— Bonne chance, fit Gunther.

— Ne me regarde pas comme ça, l'Hollandais, rétorqua Hayes. T'aurais fait la même chose que nous.

Puis les portes se refermèrent, séparant les quatre hommes.

— Comment on va faire ça ? demanda Nanos.

— Les chiens de sang du ministère vont axer leurs recherches sur les hommes du GRU, pas sur nous.

Hayes prépara son mini-Uzi.

— Avec ça, on va pouvoir attirer leur attention, fit-il.

— Et les spectateurs, qu'est-ce que tu en fais ?

— Vise haut et cours vite !

— Waooo ! fit Nanos en regardant les numéros des étages décroître peu à peu.

La cabine de l'ascenseur s'immobilisa au neuvième. Deux dames âgées attendaient devant les portes. Elles s'apprêtaient à entrer à l'intérieur mais restèrent paralysées sur place à la vue des deux occupants armés et entièrement maculés de sang.

— Ne vous en faites pas, annonça calmement Hayes en actionnant la fermeture des porte. Vous n'aurez qu'à prendre le suivant. Enlève donc cette saleté de pardessus, dit-il à Nanos lorsqu'ils furent à nouveau seuls. On dirait que tu sors tout droit d'un film d'horreur mexicain.

Nanos ôta son vêtement souillé et le balança dans un coin sur celui de Hayes.

— Il va falloir être efficace, expliqua Hayes, faire

beaucoup de bruit, beaucoup de casse, mais ne pas chercher à atteindre qui que ce soit. On fonce droit dans le hall, on s'éjecte dans la rue et on se mélange avec la foule qui se rend à la plage.

— C'est parti !

Lorsque l'ascenseur s'immobilisa, Hayes n'attendit pas l'ouverture complète des portes. Il se rua dans le hall comme un démon.

— Yeee-hahhh ! hurla-t-il en chargeant, le mini-Uzi pointé devant lui, arrosant abondamment le plafond recouvert de miroirs de l'hôtel Copa.

Tout comme les vieilles dames, les clients de l'hôtel restaient paralysés par l'effroi à la vue des deux grands types courant dans leur direction avec des armes crépitantes. Le plafond s'écroulait en pluie de verre autour d'eux sur le sol marbré. Quelques clients poussèrent des cris hystériques. Hayes se fraya rapidement un chemin à travers la foule et parvint bientôt à proximité des portes vitrées surveillées par les fédés de chaque côté du passage. Ils étaient trois. Tous en tenue sportive. Leur main droite glissa brusquement sous leur veste, mais pas pour se gratter les dessous de bras.

« Ils ne tireront pas, se dit Hayes en continuant à foncer vers la sortie. Pas encore. »

Tout en dépassant leur position, il put voir leurs armes surgir de leurs holsters. Trois Smith & Wesson prêts à cracher.

— Grouille-toi ! cria Nanos derrière lui.

Hayes ouvrit les portes d'un coup d'épaule. Le premier coup de feu siffla à moins d'un centimètre de son oreille gauche. Pas deux en un jour ! pensat-il en plongeant sur la droite pour se retrouver quelques mètres plus loin au milieu de la terrasse du café de l'hôtel.

Un grand nombre de touristes s'agglutinait sous les parasols autour des tables métalliques blanches. Le passage étroit rendait la progression plus difficile. Hayes slalomait entre les tables lorsqu'un serveur ahuri fit son apparition au mauvais moment. Le grand Noir l'envoya à travers une table où il atterrit tête la première dans l'assiette d'une grand-mère au teint bronzé.

A présent, le mini-Uzi de Hayes l'encombrait plus qu'autre chose. L'arme ne lui servirait à rien sur la plage d'Ipanema et le grand Noir n'hésita pas à la fourrer dans la première poubelle qu'il trouva. Nanos qui le suivait de près offrit le même sort à son attaché-case, puis tous deux enjambèrent côte-à-côte la barrière de buissons délimitant le café.

Derrière eux, les coups de feu claquaient encore, immédiatement suivis par le sifflement des ogives à leurs oreilles.

Devant eux, sur les six voies de la route séparant le café de la plage, la circulation était quasiment bloquée. Modèles européens pour la plupart, les véhicules de grand luxe progressaient pare-chocs contre pare-chocs dans un concert de klaxons hargneux. Debout dans leur décapotable, quelques fils de riches dévisageaient d'un air béat les superbes créatures féminines qui paradaient en *tangas*.

Les deux mercenaires leur offrirent un tout autre genre de spectacle. Près de deux cents kilos de chair et d'os atterrirent brusquement sur le capot d'une Alfa Romeo immobilisée dans le trafic, émaillant la belle peinture certainement lustrée à la main, enfonçant le métal minutieusement sculpté. Le crissement de la tôle écrasée sous leur poids fut presque humain.

Hayes et Nanos bondirent à nouveau pour atterrir, cette fois, sur une 350 SL, un modèle allemand qui connut le même sort que son concurrent italien.

— C'est plutôt marrant, apprécia Nanos alors qu'ils se retrouvaient dans un synchronisme parfait sur le capot d'une magnifique Jaguar verte, l'enfonçant de plusieurs centimètres.

Leur dernier saut les amena sur la terre ferme où ils zigzaguèrent rapidement entre les véhicules. Arrivés devant les trois dernières voies de la circulation, elles aussi complètement bloquées, Hayes ôta son tee-shirt :

— On remet ça, mec ! rigola-t-il.

Le jeu de la grenouille reprit alors de plus belle sur les plus riches voitures. Dès qu'ils atteignirent le *boardwalk*, Hayes jeta un coup d'œil en arrière. Les poursuivants venaient tout juste d'atteindre la barrière des véhicules. Sautillant d'un pied sur l'autre, le grand Noir se débarrassa de son pantalon et de ses chaussures.

— Allez magne-toi, Alex ! pressa-t-il en s'enfonçant aussitôt parmi la foule qui se dorait au soleil sur le sable chaud.

Nanos abandonna lui aussi ses vêtements, envoya valdinguer ses chaussures et se lança, vêtu seulement de son caleçon court écossais, derrière son compagnon qui disparaissait déjà au milieu de la masse humaine.

Au bout d'une centaine de mètres, Hayes dut ralentir. Plus il avançait vers l'océan, plus les Brési-

liens s'agglutinaient, rendant toute progression
rapide difficile. L'espace entre les serviettes épon-
ges et les chaises longues était parfois si réduit qu'il
en arrivait à marcher sur la pointe des pieds. Près de
cent mille personnes bronzées et presque nues l'entouraient. Aucun Fédéral en vue. A présent,
ceux-ci n'auraient plus les moyens de retrouver les
deux fuyards sans l'aide de la police de Rio, de
l'armée ou de la Garde Nationale.

Hayes attendit que le Grec le rejoigne.

— J'pensais vraiment pas qu'on arriverait à se
tirer de cet hôtel, confia Nanos.

Hayes remarqua la tenue de son compagnon et se
mit à éclater de rire.

— Hey ! T'as un mignon trou au cul !

Nanos grimaça de honte. Une nuée de filles lor-
gnait d'un air rigolard ce que son caleçon ne faisait
rien pour cacher.

— Dites, les nanas ! Vous voulez venir voir d'un
peu plus près ? lança Hayes aux créatures de rêve.

— J'crois plutôt qu'on ferait mieux de continuer,
proposa Nanos.

— Non, attends un peu, je veux savoir si on a
toujours un problème avec les Fédés.

— Pour l'instant, c'est moi qui ai un problème,
grinça Nanos en posant une main sur son caleçon.

— On pourrait p't'être s'amuser un peu ?

— Arrête tes conneries, Hayes, et laisse-moi
marcher devant. Comme ça, tu pourras cacher mon
trou !

— Et priver ces adorables beautés des huitièmes
et neuvièmes merveilles du monde ? C'est impensable, vieux. On est à l'époque de l'exhibition.

Hayes se remit à trottiner vers le bord de l'eau.

— Merde ! lâcha le Grec en se lançant derrière lui.

Son postérieur n'attirait pas que des regards et des sourires appréciateurs, il provoquait de nombreux sifflements et des rires moqueurs.

Nate croyait voir un Nazi tous les dix mètres. Il ne pouvait plus le supporter. Dans le milieu juif où il avait été élevé, Rio signifiait uniquement deux choses : le carnaval avec son grotesque cortège, et les criminels de guerre. Aux yeux de Beck, chaque mâle de la cinquantaine à l'allure germanique était suspect. En conséquence, il ne cessait de jeter des regards menaçants à chaque agent de change, comptable, marchand et fonctionnaire qu'il croisait.

— Bon sang, Nate ! Décrispe-toi un peu, tu vas finir par te faire pêter les fusibles dans cette humidité, fit remarquer Gunther.

Beck leva les yeux vers le géant hollandais qui attendait visiblement un sourire de gentillesse de la part de son compagnon. Gunther était incapable de comprendre la soif de vengeance de Beck. Il n'avait aucune idée de son intensité, ni de la frustration qui en était la cause. Nate n'avait pas vécu l'holocauste qu'à travers les archives cinématographiques de la télévision. A l'école juive, certains de ses camarades de classe étaient des enfants de survivants, et leurs histoires avaient déclenché en lui d'atroces cauchemars. Le courage et la résignation du peuple juif, devant cette boucherie, bouillonnaient dans ses artères.

D'une curieuse façon, tout cela s'était mêlé à ses

fantasmes cinématographiques. Déjà, lorsqu'il était adolescent, il était bien décidé à ne pas se résigner en grandissant. Il deviendrait un Errol Flynn, un John Wayne, un redresseur de torts pour son peuple. Le Vengeur des brimés d'Auschwitz, Maideneck, Treblinka et le reste.

Au cours de ses rêves d'enfant, lui-même, Errol et le grand John se rendaient en Amérique du Sud pour traquer et tuer les Nazis. Pour les descendre dans leurs lits.

Mais les rêves d'enfant tournent bizarrement au vinaigre.

A présent, Beck était devenu un vrai soldat, et l'idée de descendre les criminels de guerre avait perdu la majeure partie de son attrait. Quelle sorte de justice y avait-il à abattre des octogénaires croulants ? La chance qu'il avait laissée passer s'était envolée pour toujours et cela le rendait furieux. Mais combattre auprès des SOBs lui avait tout appris, et c'était cette véritable justice, plus que toute autre chose, qui comptait à présent.

Nate et Gunther avaient loué un taxi depuis l'hôtel Copa jusqu'au centre ville de Rio. Ils marchaient maintenant au pied des grands buildings, parmi les poubelles éventrées et la puanteur suffocante des gaz d'échappement.

— C'est ici, fit Gunther en désignant une petite enseigne lumineuse au fond d'une allée pavée.

De grosses lettres noires sur fond rose annonçaient : « LE CLUB HARLAN ». Quelques vieilles marches les conduisirent jusqu'au bar installé dans la cave.

L'intérieur était sombre et frais. Avant que leurs

yeux se soient habitués à l'obscurité, une imposante silhouette vint à leur rencontre :

— Où est le communiste ? demanda Walker Jessup avec un lourd accent Texan.

— Au paradis communiste, rétorqua Gunther.

— L'échange a été interrompu, ajouta Beck.

— Ouais, c'est ce qu'on a vu, fit Jessup en pointant du pouce la télévision placée au-dessus du bar. Où sont passés Hayes et le Grec ?

— Ils sont sortis par le hall, expliqua Gunther. Après ça, on ne sait plus rien. On ne pouvais pas se permettre de rester dans le coin à les chercher.

— S'ils sont encore en un seul morceau, ils vont rappliquer tôt ou tard, fit le Texan, et considérant que nous sommes à Rio, je dirais plutôt tard. Venez, notre Lettonien attend à une table là-bas. Vous avez la marchandise ?

Gunther et Beck soulevèrent leurs deux attachés-cases identiques.

— La mienne est la bonne, fit Gunther.

— Okay, vous me laisserez parler, conseilla le Texan.

Les trois hommes rejoignirent une table dans un coin du bar où attendait un autre géant blond, aussi grand que Gunther.

— Karlis, voici mes associés, annonça Jessup pendant qu'ils s'asseyaient.

Il prit l'attaché-case de Beck et le déposa sur la table.

— Et voici la dernière pièce de la marchandise qui doit être livrée.

Karlis ouvrit la mallette, jeta un coup d'œil à l'intérieur et remarqua :

— Une si petite chose pour une si grosse somme d'argent.

— En tout cas, elle ne vous rapportera rien si vous ne la livrez pas, déclara Jessup. Et ça ne vaut rien non plus sans Mr. Beck, je vous le rappelle.

— Ouais, vous m'avez déjà dit ça trois fois, observa le Lettonien en refermant le couvercle de la mallette.

— Vous avez bien compris ce que nous voulons ? demanda le gros Texan.

— Mes amis du pipeline feront partir cette petite chose à Riga, ainsi que deux grosses caisses scellées contenant le matériel, comme s'ils étaient des contrebandiers soviétiques. Une fois que le GRU et le KGB auront ouvert et fouillé les caisses, nous ajouterons le matériel militaire spécifié sur la liste : AK-74s, Dragunovs, RPGs, grenades... Ensuite, nous modifierons le poids des caisses inscrit sur les documents officiels et nous enverrons le tout par avion à Ust Tavda.

— Et en ce qui concerne le reste ?

— Comme mes partenaires le savent, il s'agit d'une opération de contrebande. Pour ce qui est du GRU et du KGB, tout est dans la poche. Ils recevront leur part habituelle pour détourner les yeux. C'est comme ça que ça se déroule dans toutes les contrebandes « officiellement passées sous silence ». En ce qui concerne les armes, cette partie du marché sera dirigée par mon frère et moi-même. Personne d'autre n'en saura rien.

— Parfait, je pense que tout est en ordre.

Karlis se leva, mallette à la main.

— N'oubliez pas : ça n'a aucune valeur sans Mr. Beck, lui rappela Jessup

Le grand blond sourit, opina de la tête et quitta les lieux.

— Barman, *por favor*, lança Jessup. Trois bières...

Puis, se retournant vers Gunther et Beck, il ajouta :

— Ils font de l'excellente bière, ici, brassée à froid, comme la bière allemande.

Beck fronça les sourcils :

— Qu'est-ce que c'est que cette histoire de pots-de-vin classiques ?

— Ça fait partie des frais généraux. Le KGB et le GRU savent tout sur les activités des Lettoniens. Ils acceptent de baisser les yeux parce qu'en général la marchandise de contrebande est sans danger : pour la plupart, il s'agit de biens de consommation introuvables en Russie. Mais aussi parce qu'ils sont les premiers à se servir. Pour cette fois, ils seront payés cash et en dollars, bien sûr.

— Les Russes se volent eux-mêmes ?

— Non, c'est le KGB qui vole les Russes. C'est une autre affaire.

— Est-ce qu'on peut faire confiance à ce Karlis ? demanda Gunther.

— J'ai déjà eu affaire à ce type et à son frère à plusieurs reprises, rassura Jessup. Ils sont *okay*. Ils aiment bien exagérer ce qu'ils ont fait contre les Soviets, mais ça fait partie de l'esprit lettonien. Certains d'entre eux revendiqueront tout, du sabotage d'une voie ferrée au meutre d'un policier. Karlis et ses hommmes travaillent à un niveau plus subtil.

— Ouais, fit Beck, AK-74s et RPGs. Très subtil.

— C'est une requête très spéciale et extrêmement coûteuse. Leur stock d'armes a été lentement mais soigneusement constitué. Parfois, même, pièce par pièce. C'est comme à l'époque du « Vieil Ouest », une tradition macho. Seulement, c'est beaucoup plus dangereux parce que posséder des armes illégales, là-bas, c'est risquer très gros. Je pense que leur unique raison d'accepter de nous vendre leur stock tient au fait que le KGB doit se douter de leur entreprise. Il est temps pour eux d'effectuer une grosse vente avant qu'ils soient piqués avec la marchandise.

— Ils devraient rester dans les créneaux classiques, observa Gunther. Il est plus sain de faire de la contrebande de jeans et de disques.

— Beck, interrompit Jessup, nous devons vous conduire à l'aéroport. Liquidons nos bières et allons-y.

Le barman apporta les bières et les trois hommes portèrent un toast :

— A la mission ! déclara Jessup d'un ton très sérieux.

— Après ça, Nate, tu vas devenir une célébrité internationale, fit Gunther. « L'homme qui a trompé le KGB, saboté une usine de chars et aidé à la libération d'un célèbre défenseur de la liberté ». Tu recevras une médaille d'honneur des écoles aristocratiques et les filles te tomberont dans les bras.

— Ouais, ajouta Jessup en s'esclaffant. Peut-être

même que le FBI t'effacera de sa liste des « plus recherchés ».

— C'est pas drôle ! rétorqua Beck d'un ton mi-amusé, mi-geignard. C'est vraiment pas drôle du tout.

11

Le bureau du major Grabischenko, dans l'immeuble Khodinsk de neuf étages, ne comportait aucune fenêtre. Un véritable bunker au sein d'une forteresse.

A l'extérieur, des soldats armés jusqu'aux dents et accompagnés de chiens d'attaque patrouillaient dans la neige, le long des murs de dix mètres de haut. La sécurité interne était si importante qu'aucun des membres du QG n'avait le droit de transporter de sacoches ou de mallettes à l'intérieur du bâtiment... ni d'avoir sur lui du métal, sous quelque forme que ce soit. Les boucles de ceinturon en plastique étaient donc devenues de rigueur.

Depuis ce « milieu stérile », le GRU régnait sur son considérable empire qui comprenait séparément un conseil d'administration dans chacun des seize districts militaires de l'Union Soviétique, ainsi que dans les quatre flottes russes et les quatre groupes armés déployés en Europe de l'Est. Mais le GRU possédait aussi trente mille *spetsnaz*, des troupes d'élites constituant la réponse russe aux

Forces Spéciales américaines. Les *spetsnaz* étaient entraînées aux opérations de sabotage aussi bien qu'aux méthodes terroristes.

Un des chefs de ces forces se tenait précisément devant le bureau austère de Grabischenko. Le dirigeant du GRU observait le capitaine Balandin. Un bel homme, jugeait-il, mais cette beauté était entachée par des origines tartares transparaissar. dans la forme de ses sourcils et son épaisse chevelure noire. Ses yeux bleu pâle exprimaient une immense confiance en la « cause » soviétique.

— Si, comme vous le suspectez, monsieur, commença Balandin, le KGB a manigancé ce projet, opéré des pressions sur VPK pour obtenir la marchandise à travers ces mercenaires, il est également logique de supposer que la mission de ces étrangers est de détruire ou de bloquer l'usine de chars d'Ust Tavda.

Grabischenko opina de la tête, l'œil dur.

— C'est une chose que vous empêcherez personnellement.

— Je vous assure que les mercenaires seront sous la surveillance armée des *spetsnaz* pendant toute la durée de leur mission. Il leur sera interdit de se mêler à la population à Moscou. Leur contact avec les ouvriers de l'usine sera néanmoins nécessaire, mais limité, et toujours sous notre contrôle.

— Je compte sur vous, Balandin, fit Grabischenko, le service tout entier compte sur vous.

— Je le sais, Monsieur, et j'accepte avec joie cette responsabilité.

Balandin se leva de sa chaise, salua très réglementairement et quitta la pièce.

Grabischenko eut un sourire de satisfaction.

Il n'avait aucun doute sur l'entière loyauté de Balandin et ne se demandait jamais si celle-ci appartenait d'abord à l'Etat, au Parti ou au GRU.

Balandin était un bon communiste, mais aussi un bien meilleur soldat.

12

Le Tupolev de l'Aéroflotte en provenance de Zurich se posa à l'heure précise sur l'Aéroport central de Moscou.

Barrabas scruta le paysage à travers le hublot embué. D'immenses congères de neige souillée s'allongeaient de chaque côté de la piste d'atterrissage et de nombreuses lumières illuminaient l'aéroport tout entier, bien qu'il ne fût que trois heures de l'après-midi.

Tout paraissait désespérément figé. Barrabas réprima un frisson. Il avait déjà infiltré des pays communistes et porté de sérieux coups à l'adversaire, mais cette fois, les choses n'avaient rien à voir. Le KGB était le pivot suprême de toutes les souricières communistes, et les rats qu'il allait rencontrer étaient les plus entraînés, les mieux équipés et les plus motivés de la planète. Nile avait appris à combattre et à contrôler cette sensation d'être enfermé dans un piège. Chaque soldat travaillant à l'intérieur des lignes ennemies devait s'habituer à ce phénomène.

— Vous êtes déjà venu ici, colonel ? demanda Billy II.

Barrabas se retourna vers l'Indien installé à côté de lui sur la rangée de trois fauteuils.

— Uniquement dans mes rêves, rétorqua-t-il.

— J'espère au moins qu'on va pouvoir visiter la ville, fit Lee Hatton à travers la séparation des sièges devant elle.

Le Dr. Hatton, Beck et O'Toole se trouvaient juste derrière le colonel, Billy II et Dayo.

— Ouais, chuchota O'Toole, c'est le dernier visa d'entrée que nous pourrons obtenir de ces gars.

L'appareil s'immobilisa enfin et les passagers commencèrent à se lever pour rassembler leurs affaires.

— Est-ce que quelqu'un est supposé nous rencontrer ? interrogea Beck.

— Nos guides sont déjà avec nous depuis un bout de temps, remarqua Barrabas.

O'Toole se redressa pour ouvrir le compartiment à bagages au-dessus de sa tête. C'est alors qu'un type corpulent en blazer bleu l'aborda.

— Vous allez rester assis, s'il vous plaît, lâcha-t-il sèchement. Tous autant que vous êtes.

Sous le blazer du nouvel arrivant, un Makarov apparaissait dans un holster de hanche.

— Je parle pas anglais, répliqua immédiatement Liam d'un air dédaigneux.

— Ne discute pas, fit Barrabas.

Le rouquin soupira et reprit place dans le fauteuil.

L'avion se vida de ses passagers et l'équipe de nettoyage fit son apparition.

— Hey, regardez ! s'exclama Lee en désignant la fenêtre. On s'apprête à nous dérouler le tapis rouge.

Beck rigola :

— Ils s'imaginent qu'on va détourner l'appareil ou quoi ?

En moins d'une minute, l'avion fut encerclé par une file de véhicules d'où émergèrent un nombre incroyable de soldats armés de mitraillettes et de pistolets de gros calibre.

— Vous disiez que notre réputation nous a précédés, Nile ? ironisa Lee.

— Un petit orchestre nous aurait suffi, ricana O'Toole à l'adresse du type qui l'avait abordé.

La porte de l'appareil s'ouvrit sur un homme de grande taille, en parka, qui s'avança vers les mercenaires.

— Je suis le capitaine Balandin, annonça-t-il en ouvrant son manteau, dévoilant sa veste et son insigne militaire. Pour votre sécurité, nous avons fait protéger tout le secteur.

O'Toole murmura quelques mots incompréhensibles.

— Si vous voulez bien mettre vos manteaux et rassembler vos bagages à main, nous allons vous escorter jusqu'à votre prochain arrêt.

Les SOBs enfilèrent leur parka et commencèrent à sortir. Le capitaine Balandin les laissa passer, puis s'engagea derrière Leona.

— Puis-je vous aider à porter votre sac ? demanda-t-il.

La jeune femme lui adressa un petit sourire poli avant de répondre :

— Merci, mais ce n'est pas lourd, je peux me débrouiller.

Lorsqu'ils descendirent les marches de l'avion, une sensation étrange envahit les SOBs, comme si toutes ces armes soigneusement pointées dans leur direction attendaient le moindre éternuement pour les réduire à l'état de viande hachée. Pourtant, rien de la sorte n'arriva. Personne n'éternua.

Barrabas sentit le sol glacé, malgré l'épaisse semelle de ses bottes.

— Suivez-moi, s'il vous plaît, fit le capitaine en se dirigeant vers un petit autocar vert dont les vitres latérales et arrière étaient protégées par de gros barreaux métalliques.

— On aurait dû demander des premières classes, Chank, ironisa Billy II. Ça ne paye jamais de vouloir économiser.

Sans dire un mot, Dayo prit place dans le sinistre fourgon.

Billy s'installa à côté de lui, déterminé à ne pas laisser tomber la conversation :

— C'est bientôt l'heure de la bouffe et si ce truc là c'est leur limousine, imaginez un peu à quoi doit ressembler leur entrecôte grillée.

Un regard de Barrabas le fit taire brusquement.

Le fourgon démarra et s'éloigna de l'avion, toujours escorté par la kyrielle de véhicules militaires.

— Dites, capitaine, demanda Beck. Où est-ce qu'on nous emmène ?

— A Khodinsk Field.

— Pas le fameux Khodinsk Field ? ! s'exclama Liam.

Le capitaine fustigea le rouquin du regard.

— colonel Barrabas, déclara-t-il. Si vos hommes souhaitent être traités avec respect, il faudrait d'abord qu'ils nous rendent la pareille.

— Il a raison, O'Toole. C'est le dernier avertissement. La prochaine fois, c'est vos payes qui prendront.

Le fourgon et son cortège traversèrent deux autres pistes avant de s'arrêter devant une série de hangars. Derrière les bâtiments, un mur d'une dizaine de mètres s'élevait autour d'une grande bâtisse qui avait tout d'un immeuble administratif.

— Vous croyez que c'est ça, colonel ? murmura O'Toole. C'est le quartier général du GRU ?

Barrabas opina imperceptiblement de la tête.

— S'il vous plaît, descendez tous et continuez à me suivre, invita Balandin, tranchant mais toujours très poli.

Si Barrabas avait eu un instant l'espoir de visiter l'intérieur d'un des complexes les plus secrets au monde, celui-ci fut vite balayé : au lieu d'avancer vers l'immeuble, le capitaine du GRU les conduisit vers un des hangars ouverts.

Le vent glacial les cisaillait, s'infiltrant à travers les moindres interstices de leurs vêtements.

— Colonel, fit discrètement Dayo, ça doit être notre avion, là-bas.

Il s'agissait d'un Ilyushin II-14, un avion de ligne bimoteur. Du personnel rampant et également armé chargeait deux énormes caisses dans la soute de l'avion.

Toujours encadrés par une poignée de soldats au visage austère, less mercenaires pénétrèrent dans le hangar.

D'autres types en uniforme gardaient l'entrée d'un petit bureau aux vitres dépolies.

Balandin les conduisit jusque devant la porte et se retourna.

— Vous comprendrez qu'une fouille complète fait partie du protocole. Sans cela, nous ne pouvons vous autoriser à entrer dans notre pays ni vous laisser avec le matériel de défense.

Barrabas fit un pas vers le capitaine.

— Commencez par moi, déclara-t-il.

Il fut conduit dans le bureau où il dut se déshabiller complètement sous l'œil attentif de cinq officiers du GRU et d'un médecin militaire. Le sol en ciment nu lui glaçait les pieds. La fouille soigneuse de chacun de ses vêtements le fit presque sourire. Les officiers n'omettaient aucun recoin d'étoffe, allant même jusqu'au détecteur de métaux. Barrabas aurait bien souri s'il n'avait pas eu aussi froid. Il n'avait rien à dissimuler ? Ni gadget mortel, ni pilules empoisonnées. Ses mains et ses pieds seuls lui suffisaient à tuer un homme.

Bientôt, le docteur enfila un gant en plastique, trempa son index dans un pot de vaseline et l'envie de sourire de Barrabas s'envola aussitôt.

— Penchez-vous, ordonna le médecin en approchant une lampe de bureau pour obtenir un meilleur éclairage.

Nile subit sans broncher l'inspection intime. Ils vérifièrent également l'intérieur de sa bouche et chacune de ses dents. A la fin de l'examen, Barrabas contenait mal sa fureur grandissante. Il n'y avait rien de tel qu'une humiliante fouille à nu par une température en-dessous de zéro pour aiguiser la colère d'un homme.

Après avoir enfilé rapidement ses vêtements, il rejoignit son équipe hors de la pièce.

— C'était comment ? demanda Beck.

— Vous le saurez bien assez tôt.

— J'y vais, déclara Leona, je ne supporterai pas d'attendre une minute de plus dans cette angoisse.

Les SOBs la regardèrent entrer dans le petit bureau.

Elle y resta un bon moment, bien plus longtemps que Barrabas.

— Les enculés ! grogna O'Toole. Qu'est-ce que ces salauds sont en train de foutre ?

Tous avaient la même pensée : une belle femme nue et forcée de subir une fouille corporelle totale devant un groupe de soldats. L'examen devait être plus qu'approfondi.

— Colonel, annonça Billy II en serrant les poings, s'ils n'ont pas fini dans deux minutes, je vais aller bousiller leurs sales putains de gueules.

Aussi agréable que cela aurait pu être, ça n'était pourtant pas la solution du problème. Barrabas s'adressa au capitaine du GRU :

— Si le Dr. Hatton n'est pas sorti dans trente secondes, mon équipe et moi prendrons le premier avion pour Zurich et vous pourrez aller vous faire foutre avec votre processeur.

Balandin aurait souhaité régler son compte au chef des mercenaires, mais la menace le fit reculer. Sans les Américains pour installer la coûteuse marchandise, celle-ci n'était d'aucune utilité.

Lee sortit du bureau, la tête haute, mais un regard

qui en disait long sur ce qu'elle venait de subir.
Barrabas serra les dents. Bien que la jeune femme
retienne ses larmes, sa colère transparaissait. Les
« examinateurs » ne connaissaient pas leur chance.
Leona était experte en combat à mains nues. De
plus, en tant que chirurgien, elle connaissait parfaitement les points de chaque nerf, les points qui
tuent ou brisent. Parmi les SOBs, seul O'Toole
pouvait lui résister plus d'une ou deux minutes sur
un ring, mais cela tenait davantage à son opiniâtreté
et à sa capacité d'amortir la correction qu'à son jeu
de combat.

Lee possédait une rapidité d'exécution, une agi-
lité et un calme qui désorientaient plus d'un agresseur.

Barrabas n'en doutait pas une seconde, elle aurait
pu tuer ses cinq tortionnaires si le feu vert lui avait
été donné.

Mais ils n'en étaient qu'au tout début de la mission.

Elle avança vers ses compagnons, un sourire
crispé sur les lèvres.

— Serrez bien les fesses, les gars, annonça-t-elle,
vous en aurez besoin.

Cette fouille était évidemment inutile, constituant uniquement un prétexte pour exercer leur
pouvoir. Pourtant, à l'insu des membres du GRU,
leur action renforçait et unifiait la fureur silencieuse
et partagée des mercenaires.

Lorsque tous les Américains furent à nouveau
réunis dans le hangar, O'Toole marmonna :

— Je souhaite que ces types viennent avec nous à
l'usine.

— C'est exactement ce que je voudrais, moi aussi, rétorqua discrètement Billy II.

— Nous sommes prêts à partir, annonça Balandin. Merci pour votre coopération.

On les conduisit hors de l'entrepôt jusque devant l'Ilyushin qui les attendait, encadrés par une bonne douzaine de soldats.

— Quelle escorte ! fit Beck en montant les marches de l'avion.

— Tu n'en vois encore qu'une petite moitié, observa Lee.

C'était pourtant vrai. Autant de soldats se trouvaient déjà à bord de l'appareil, ce qui établissait une moyenne de quatre hommes contre un en faveur du GRU. Et le GRU était armé d'AK-74s.

— Que chacun d'entre vous prenne place à côté d'un hublot, indiqua Balandin. Nous aurons deux heures de vol.

Barrabas s'installa derrière Leona et ne fut en rien surpris lorsque Balandin s'assit auprès d'elle. Sa colère n'en était que plus aiguisée. Comme tous les SOBs, que ce soit nécessaire ou non, il ressentait un besoin de protéger le Dr. Hatton. Non seulement à cause de sa beauté et de son apparente fragilité, mais aussi parce qu'elle était la seule capable de les sauver si l'un d'entre eux prenait une balle ou un éclat d'obus dans le corps.

13

— Vous ne voyez pas d'inconvénient à ce que je m'installe ici ? demanda le capitaine dans sa langue natale.

— C'est votre avion, répondit sèchement Leona, également en russe. Asseyez-vous où vous voulez.

— Vous parlez parfaitement le russe, observa-t-il en bouclant sa ceinture. Votre dossier n'exagérait pas.

La jeune femme tourna la tête vers le hublot, plongeant le regard à travers la nuit tombante. Les moteurs de l'appareil commencèrent à gémir au fur et à mesure que la puissance augmentait. Lee n'aimait pas être importunée par un étranger, et particulièrement par des hommes tel que le capitaine qui se prenaient pour de véritables dieux en présence d'une femme.

— J'en sais beaucoup sur vous, insista-t-il. A quelle école vous vous rendiez, où vous avez pratiqué vos études de médecine, les services que vous avez rendus à votre pays...

Lee continuait de l'ignorer. Sa fureur latente

avait pris l'aspect d'un véritable feu intérieur dont elle attisait sciemment les flammes par le souvenir détaillé de ce qu'elle avait subi un peu plus tôt : les rires à demi étouffés des officiers du GRU, leurs gloussements de délectation en la regardant se faire examiner intimement. Elle savait comment utiliser sa rage, comment la concentrer. Il allait y avoir de nombreux morts avant le retour au pays des SOBs. S'ils réussissaient à repartir un jour...

— Que penserait votre père le général, s'il savait que vous nous aidez à construire des chars ? interrogea Balandin.

— Référez-vous à votre dossier, mon père est mort.

— Oui, je sais. Mais s'il était en vie et considérant sa longue association avec l'OSS, je doute fort qu'il approuverait ce que vous faites.

— Mon père et moi n'étions d'accord sur aucun sujet, rétorqua-t-elle en plongeant son intense regard dans les yeux trop pâles de son interlocuteur. On appelle ça un conflit de générations.

— Vous faites donc ça pour l'argent ? Travailler avec des mercenaires criminels ?

— Oui, pour l'argent.

Balandin eut une moue sceptique :

— Je ne comprends pas. D'après votre dossier, vous possédez des comptes en banque dans de nombreux pays. Votre fortune s'élève, je crois, à près d'un demi-million de dollars.

— Une femme n'a jamais trop d'argent.

— Ni trop d'amour.

Lee ne le repoussa pas lorsqu'il posa la main sur son genou.

— C'est une offre ou une demande ? lâcha-t-elle froidement en le fixant toujours droit dans les yeux.

— C'est selon votre préférence, rétorqua-t-il en glissant plus haut la main, plongeant fortement ses doigts dans la chair de sa cuisse. Mais je sais par expérience que beaucoup de femmes aiment les demandes. Même celles qui prétendent le contraire. Le plaisir réside dans la lutte, la peur et, enfin, dans la renonciation à la lutte.

Lee avait mal mais n'en montrait rien. Les doigts du capitaine la tenaient comme une serre d'acier.

— Je suppose que vous avez fait ce genre de demandes à de nombreuses femmes ? demanda-t-elle calmement.

— Voulez-vous que je vous parle de mes conquêtes ? Cela vous exciterait ?

Sans même attendre la réponse, il continua avec impatience :

— La dernière était une blonde, fine, fragile, pâle. Je l'ai vue dans la rue et je l'ai aussitôt désirée. Elle avait dix-sept ans. J'ai donc demandé à mes hommes de l'arrêter et je l'ai conduite dans un fourgon spécialement réservé pour l'interrogatoire. Elle a commencé à se débattre comme une furie lorsqu'elle a réalisé mon projet. J'ai été obligé de la frapper à la mâchoire pour qu'elle me laisse faire. Quel gâchis !

Lee n'attendit pas davantage pour stopper l'insidieuse progression du soudard : elle posa sa main sur la sienne et du bout des doigts chercha le point névralgique, le trouva presque immédiatement et le stimula d'une brève mais profonde pression.

La douleur décomposa brusquement le visage du

capitaine qui ôta aussitôt sa main et laissa échapper un petit gémissement étouffé. Il avait failli crier, mais se contenta de s'adosser à son siège et de fermer les yeux en serrant les dents avec force.

— Vous m'avez demandé si je préférais une offre ou une demande, fit-elle. Sachez que de votre part, je ne préfère rien du tout. Tâchez de garder ça bien ancré dans votre crâne.

14

Si Barrabas ne pouvait comprendre la conversation qui se tenait devant lui, il en saisit néanmoins la conclusion brutale et ne put s'empêcher de sourire. S'il existait un genou sur la planète à ne pas tripoter, c'était bien celui de Lee Hatton. La tentative ratée du capitaine dénotait une éventuelle faiblesse dans son caractère, faiblesse qu'ils pourraient bien exploiter par la suite. Barrabas sourit à nouveau. Certains types, grands et costauds, aiment être menés à la trique par des femmes dominatrices. Si le capitaine Balandin était masochiste, il était dans son jour de chance. Leona, dans un état d'oppression, pouvait accomplir ses rêves les plus sauvages.

L'avion ne tarda pas à décoller. Barrabas observa les soldats installés sur l'autre rangée. Il n'avait encore jamais vu de *Spetsnaz* en chair et en os, mais avait la certitude que ceux-là en étaient. Des hommes secs aux visages austères, fidèles, disciplinés. Il avait entendu de nombreuses histoires sur leur compte. On ne leur autorisait aucun sac de couchage pour la nuit, même pendant les manœuvres

hivernales. Les *Spetsnaz* devaient se contenter de
ce qu'ils avaient. D'après les rapports officiels, il
existait deux types de soldats *Spetsnaz* : Les com-
mandos — *Redoviki* — basés en Europe de l'Est,
assignés aux sabotages et aux assauts derrière les
lignes de l'OTAN, et les chasseurs — *Ikhotniki* —
fixés en Sibérie. Il y avait également une brigade
chargée de l'assassinat de *Leaders* politiques ennemis à l'approche d'une guerre. Ce dernier groupe
opérait en civil et comprenait, entre autres, des
athlètes de classe olympique ayant la liberté de
voyager à l'Ouest.

Barrabas supposa que leur escorte faisait partie
de la catégorie des chasseurs, bien que leur uniforme d'« assaut aérien » n'ait aucun insigne particulier.

A présent, l'angoisse qu'il avait ressentie en atter-
rissant à Moscou s'était estompée. Il éprouvait toujours ce tiraillement sourd et oppressant avant le
point de non-retour, cherchant un détail important
qu'il aurait pu oublier. C'était ce sentiment qui
différenciait un grand chef d'un bon. Maintenant, il
était trop tard pour se poser des questions. Ils
étaient pris dans l'engrenage. Barrabas avait devant
lui les soldats qu'ils devraient combattre, des *pros*,
mais toujours des hommes mortels et qui pouvaient
connaître la peur...

Des hommes qu'ils devraient de toute façon abattre, sans exception. Barrabas n'avait aucune envie
d'être traqué par une meute de tueurs obsédés par
le sang en plein cœur d'une Sibérie austère et glaciale.

L'appareil effectua un grand virage pour venir se placer dans l'axe de la piste d'atterrissage. Barrabas observait Ust Tavda, la ville construite par la T-72. Des projecteurs constellaient les hôtels, les buildings et les immeubles administratifs de vingt-cinq étages. Les quartiers résidentiels de même que les parcs, les fontaines et de nombreux pâtés de maisons subissaient le même éclairage intensif. Ust Tavda, un hameau dans le désert sibérien, avait vu le jour en un temps record, ce qui faisait sa fierté. L'usine de chars se trouvait à l'extérieur de la ville, dans une grande plaine enneigée.

L'Ilyushin se posa sur le petit aéroport et s'immobilisa au pied d'une tour de contrôle. Balandin détacha sa ceinture de sécurité et resta debout au milieu du passage.

— Une petite délégation va venir vous saluer, expliqua-t-il aux SOBs. Il s'agira d'une très courte cérémonie, ensuite, vous serez escortés jusqu'à vos quartiers.

Devant l'avion, bravant un vent de force 3, et une température de moins vingt degrés, les dignitaires locaux attendaient.

— Heu-reux de vous connaître ! fit le commissaire de la ville en serrant la main de Barrabas.

L'un après l'autre, les SOBs furent présentés au petit homme rondouillard et écarlate, au directeur de l'usine, à un certain Ilya Shitov et à Pyotr Vorobyev, l'ingénieur en chef des machines. Ce dernier était plutôt grand avec de longs cheveux noirs lui tombant presque sur les épaules et une épaisse moustache recouvrant ses lèvres. Sa maîtrise de l'anglais était parfaite et visiblement il n'avait bravé le froid que pour voir Nate Beck.

— Je suis terriblement impatient de voir fonctionner le bloc-processeur, annonça-t-il. S'il fonctionne comme nous le souhaitons, la production de la T-72 sera considérablement accrue.

— Oui, s'il n'y aucune difficulté avec l'installation, observa Beck. Vous devriez garder votre enthousiasme pour demain après-midi. J'espère pouvoir effectuer des programmes-test sur le nouveau système d'ici là.

— Merveilleux ! s'exclama Vorobyev. Je dois vous dire que j'admire depuis longtemps vos travaux sur ordinateurs. Vous êtes au premier rang de la révolution.

— Merci, répondit Beck en secouant ses pieds pour les conserver chauds. On pourrait peut-être avancer ?

Le grand Russe s'excusa et conduisit les SOBs à l'intérieur du bâtiment de l'aéroport.

Après qu'ils eurent bu un café et serré encore de nombreuses mains admiratrices, toujours sous la surveillance des soldats armés, Balandin indiqua qu'il était temps pour les visiteurs d'aller se coucher.

Les mercenaires furent dirigés vers une file de cinq grandes Ladas et invités à monter dans le troisième et quatrième véhicule. Les trois hommes d'équipage de l'Ilyushin prirent place dans le second tandis que l'escorte *Spetsnaz* empruntait les voitures de tête et de queue.

Le défilé de Ladas parcourut les rues désertes

mais bien éclairées d'Ust Tavda avant de s'immobiliser devant un immeuble-dortoir de douze étages.

— C'est ici ? fit O'Toole en descendant du véhicule. C'est pas trop mal. Je pensais qu'ils allaient nous conduire à la prison locale.

L'équipage de l'avion quitta le groupe au rez-de-chaussée pour rejoindre ses quartiers et les SOBs furent conduits vers un ascenseur. Les soldats les suivirent jusque dans leur dortoir où ils s'installèrent dans des couchettes disposées à leur intention.

— Je suppose que vous nous privez d'intimité pour notre protection ? fit Barrabas à l'adresse de Balandin.

— Je suis sûr que vous comprenez les exigences de la sécurité, expliqua le capitaine. Bien que tous les autres occupants de l'immeuble aient été temporairement transférés ailleurs, nous ne pouvons vous autoriser la liberté de mouvement.

— Bien sûr, fit Liam. Pourquoi serions-nous traités différemment que vos citoyens russes sans papiers ?

— Choisissez une couchette et collez-vous dessus, conscilla Barrabas à son équipe. Demain, nous aurons une journée chargée.

Pendant que les autres ôtaient leur manteau et se préparaient à dormir, Barrabas s'adressa à Dayo d'une voix claire et anodine en apparence :

— Comment trouves-tu cet avion qui nous a conduits jusqu'ici depuis Moscou, Chank ? T'en as déjà vu des pareils avant ça ?

L'Esquimau comprit exactement ce que Nile voulait dire.

— Seulement dans les illustrés, répondit-il, tout haut, et jamais avec des réservoirs à carburant aussi longs que celui-là.

Ils avaient un problème, et tous les mercenaires en étaient avertis à présent.

L'Ilyushin était le seul avion du petit aéroport.

Sauter dans un appareil qu'il n'a jamais vu et le mener aux limites de ses possibilités constituaient une entreprise difficile, même pour un pilote entraîné et adroit. Et les choses prennent une tournure encore plus ennuyeuse lorsque les instructions de pilotage sont écrites en une langue incompréhensible. Leona ne serait pas d'une grande utilité, bien qu'elle parlât le russe couramment. Elle n'était pas le pilote et les termes techniques du tableau de bord lui seraient difficilement interprétables.

Barrabas se coucha juste en-dessous de l'esquimau et croisa ses mains derrière sa tête.

— Je me demande si le pilote parle anglais, prononça-t-il tout haut. Si c'est le cas, il serait intéressant que tu parles avec lui, Chank, vous pourriez échanger des histoires amusantes.

— Ça vaut la peine d'essayer, répondit Dayo.

Au beau milieu d'une pièce pleine de militaires russes dont certains parlaient mieux l'anglais que leurs invités américains, Barrabas venait d'exposer le problème majeur de leur plan et avait fait comprendre à ses soldats la seule et unique solution logique :

Ils devraient emmener le pilote avec eux.

Dans le cas où il ne parlerait pas l'anglais, Lee pourrait traduire ses instructions.

Cet ôtage leur procurerait un autre avantage : il

pourrait faire décoller l'avion au plus vite. Ensuite, Dayo aurait largement le temps de se familiariser avec les commandes.

Jusqu'au goulag.

Barrabas ferma les yeux. Mais, pour lui, dormir était exclu.

15

Après un petit déjeuner léger, les SOBs furent reconduits sous escorte à l'aéroport d'Ust Tavda afin d'y déballer leur matériel. Les lourdes caisses avaient été déposées dans un hangar, non loin de l'Ilyushin II-14. Les cachets d'inspection du KGB étaient toujours intacts.

— Très bien, fit Barrabas à ses mercenaires, prenez tous un pied de biche, et allez-y.

Tandis que les autres SOBs avançaient vers les caisses, Beck resta un moment avec le colonel.

— On a de la veine qu'ils n'aient pas emporté les caisses jusqu'à l'usine pour qu'on les ouvre là-bas, fit-il.

— La chance n'a rien à voir là-dedans, expliqua Barrabas. Il s'agit tout simplement de paranoïa. Le capitaine veut savoir exactement ce que nous emmènerons avec nous.

Les couvercles furent rapidement ôtés dans un grincement de bois. A l'intérieur, une montagne de matériel attendait dans des caisses en carton. Barrabas et sa troupe commencèrent à déballer l'équipement d'essai, tout un appareillage qui servirait à mesurer la vitesse de l'ordinateur, avant et après l'installation.

Nile s'introduisit ensuite dans une des caisses pour y récupérer un manuel d'opération resté au fond et en profita pour observer le plancher. Il était faux. Un espace d'au moins cinquante centimètres le séparait du sol. Un espace pouvant contenir suffisamment d'armes pour effectuer l'assaut d'un goulag. Il pouvait tout aussi bien ne contenir que de l'air. Ils devraient attendre pour le savoir.

Barrabas rejoignit les SOBs qui avaient éparpillé le matériel électronique sur le sol du hangar.

— Beck, est-ce que tout est en bon état ? demanda-t-il.

— On dirait, mais on ne pourra rien certifier tant que nous ne l'aurons pas monté.

Barrabas se retourna vers le capitaine et deux de ses lieutenants qui semblaient aussi intéressés que Beck par le matériel.

— Si vous êtes d'accord, capitaine, nous sommes prêts à charger tout ça.

Balandin paraissait satisfait. Il fit un signe et un camion en attente pénétra dans le hangar.

— A propos des caisses, capitaine, ajouta Nile, nous en aurons besoin pour recharger à notre retour.

— Elles seront en sûreté jusque-là, assura Balandin. A présent, retournez dans les voitures, mes hommes vont se charger d'emporter votre équipement à l'usine.

Les mercenaires furent transportés à la périphérie de la ville où siégait l'usine. Ses dimensions gigantesques la rendaient impressionnante. Le parking foisonnait de chars enneigés.

Shitov, le directeur des lieux, les attendait devant l'entrée, avec Balandin, pour une présentation rapide et contrôlée des locaux.

L'usine elle-même était une véritable ville, avec ses propres voies ferrées pour le transport des tanks le long des chaînes de montage.

On les fit monter dans des véhicules motorisés, des sortes de kartings de golf, pouvant contenir trois passagers en plus du conducteur. Les gardes *Spetsnaz* conduisaient leurs propres véhicules.

Le vacarme des machines procura à Barrabas la couverture qu'il attendait pour s'entretenir avec Leona, assise à côté de lui :

— Lee ?

La jeune femme le dévisagea de ses grands yeux doux. Pendant un moment, Barrabas hésita, partagé entre son désir de réussir la mission et l'écœurement de ce qu'il s'apprêtait à lui demander. Puis il se lança, la mission passant avant tout :

— Je crois que vous avez été un peu dure avec le capitaine, annonça-t-il.

Le visage de Leona s'assombrit légèrement.

— On pourrait avoir besoin de sa coopération ce soir, continua Barrabas.

— Ce soir ?

— Oui, nous sommes prêts, il n'y a aucune raison d'attendre davantage.

— Le capitaine souhaiterait plutôt que la coopération vienne de moi...

— Tout ce qu'il faut, c'est distraire son attention au moment critique.

— Ce ne sera pas un problème, fit-elle en détournant le regard, un curieux sourire sur les lèvres. En parlant de détourner l'attention, vous devriez jeter un coup d'œil sur Starfoot.

Billy II, dans l'autre véhicule, avait pris place à côté du conducteur, féminin en l'occurrence. Hors de la vue du directeur des lieux, du capitaine du GRU et des gardes, l'Indien glissait sournoisement la main sous la veste molletonnée de la jeune femme.

— Ce mec est décidément incorrigible, fit Barrabas en souriant.

— L'attrait du différent, suggéra Lee. Vous savez, les cultures étrangères, les coutumes bizarres...

— Il n'y a rien de différent, là-dedans, il est tout simplement né en bandant.

Ce fut au moment de monter dans le petit véhicule que Billy II avait commencé à s'exciter. Le sexe était pourtant bien loin de son esprit juste avant de s'asseoir auprès du conducteur. Quelque chose en cette femme avait brusquement détourné ses pensées. Une sorte de disponibilité qu'elle irradiait comme un parfum bon marché. Elle n'était pas des plus vilaines créatures qu'il ait draguées. Une certaine sérénité émanait de son visage rond et potelé aux yeux bleus, qu'encadraient ses cheveux blonds, mais elle était grosse, bien qu'il préfère penser « bien rembourrée ».

— Vous parlez anglais ? avait-il glissé pendant un arrêt momentané.

— Un peu.

— Je m'appelle Billy.

— Et moi, Sasha, rétorqua-t-elle en lui adressant un regard brûlant de désir.

Etait-ce le lieu inapproprié ou le danger d'être surpris ? William Starfoot se sentait incapable de lâcher ce corps chaud. Plus sa main progressait et plus il avait envie de toucher.

Tandis que Balandin traduisait dans un bourdonnement monotone les ennuyeuses statistiques de production que déballait généreusement le directeur de l'usine, Billy II promenait sa grande main sous les vêtements de la squaw blanche. Sa peau nue et douce l'excitait encore davantage.

Dans le rétroviseur, elle surveillait des yeux son supérieur, prête à retrouver une attitude digne, mais ne faisait rien pour éloigner la main de Starfoot.

Billy II suivit l'élastique du soutien-gorge, contourna la large cage thoracique pour découvrir un sein véritablement wagnérien qu'il palpa avec une ardeur conquérante.

Il tenta alors de dégraffer le soutien-gorge pour une exploration plus approfondie. Il essayait encore lorsque la visite arriva à sa fin et que les véhicules furent immobilisés devant l'ordinateur central de l'usine.

— Je veux te revoir, chuchota-t-il à l'oreille de la conductrice. Tu veux bien ?

La jeune femme acquiesça. Ses joues rondelettes se colorèrent et elle baissa les paupières.

— Viens au dortoir à onze heures, je t'attendrai.

Il quitta le véhicule pour rejoindre les autres en marche vers l'ordinateur central. L'intérieur de la pièce était surchauffé, mais insonorisé, facilitant la conversation.

Vorobyev, l'ingénieur en chef, ignorait tout le monde à l'exception de Beck qu'il entraînait autour de la salle en lui présentant les points d'intérêt majeur.

L'attention de Beck était rivée sur l'ordinateur IBM principal qui dominait le centre de la salle et d'où s'échappaient de gros câbles reliés à chaque centimètre carré de l'usine. De nombreux circuits vidéo permettaient de surveiller chaque mouvement des chaînes d'assemblage.

Pendant que Beck était occupé avec l'ingénieur en chef, Liam en profita pour se glisser aux côtés de Billy II.

— Tu les aimes plantureuses, hein ? ironisa-t-il.

L'Indien dévisagea le rouquin trapu.

— Je ne suis pas snob quand il s'agit de femmes, rétorqua-t-il.

— Pas traînard non plus. C'était du travail rapide, vraiment professionnel. A vrai dire, jusqu'à maintenant je n'avais jamais cru toutes ces histoires que toi et le grec racontiez sur votre boulot à plein temps en Floride, en tant que gigolos.

Billy II sourit.

Liam avait une pointe d'espièglerie dans le regard.

— Et il est bien vrai, continua ce dernier, que ceux qui se ressemblent s'assemblent. Il est normal que tu te mettes à draguer une professionnelle.

Le sourire de Billy II s'évapora :

— Quoi, qu'est-ce que tu racontes ?

— Au cas où tu ne l'aurais pas remarqué, ta

nouvelle petite amie est un agent du KGB. Et il y a gros à parier qu'elle va essayer de te tirer les vers du nez...

Nate Beck supervisait l'équipement de contrôle au fur et à mesure que les *Spetsnaz* le déchargeaient du camion. Lorsque tout fut disposé au centre de la salle informatique, Vorobyev se dirigea vers le petit Américain.

— Si vous êtes prêt, fit-il, je vais fermer l'usine pour que vous puissiez commencer votre installation.

Beck opina.

Vorobycv aboya une série d'ordres à l'attention du personnel.

En un sens, Nate éprouvait de la pitié pour l'ingénieur en chef. Ce type agissait comme un gosse devant son nouveau jouet. Impatient d'expérimenter, d'apprendre, de savoir. Le problème, cependant, était que la fierté et la joie de Vorobyev, l'usine d'Ust Tavda, fabriquait des instruments de mort et d'oppression.

Beck n'en était que plus fier de sa propre réalisation, de la pureté de tous les zéros qui allaient balayer la mémoire stockée, ce condensé de fastidieuses heures de travail accumulées dans un tâtonnement de données.

Les Soviets possédaient certainement un moyen de récupérer la mémoire, mais il était presque certain qu'ils ne l'utiliseraient pas avant d'avoir parfaitement cerné le problème.

Beck avait arrangé le nouveau tableau processeur de manière à ce qu'il puisse subir sans risque tous les

tests concevables. Si malgré cela, les Ruskofs parve-
naient à découvrir la cause de l'anomalie, s'ils loca-
lisaient le micro-ordinateur soigneusement camou-
flé, il leur faudrait encore remonter l'énorme et
complexe système.

S'ils en étaient capables.

Il ouvrit une trousse à outils et commença à travailler sur le panneau d'accès de la console d'ordinateur. Dayo vint à son secours et cinq minutes plus
tard, ils purent accéder au cerveau de l'énorme
Computer.

— Merveilleuse technique, apprécia-t-il.

Après un rapide coup d'œil, il sortit le tableau
processeur de l'attaché-case.

— Tenez, prenez-moi ça une minute, fit-il en
tendant à l'ingénieur en chef dix millions de dollars
de technologie. Et surtoût ne le lâchez pas ! On n'en
a qu'un...

Il étudia quelques instants le manuel de montage
qu'il avait emporté avec lui et reprit le tableau processeur pour le placer soigneusement à la place de
l'ancien.

— Et voilà ! annonça-t-il au bout de quelques
minutes.

Balandin était visiblement perplexe :

— Et c'est pour cette seule opération que nous
avons fait venir six hommes ?

— Il me fallait bien quelqu'un pour m'éponger le
front.

— Ne vous inquiétez pas, capitaine, fit Vorobyev, le visage envahi par un excès de zèle scienti-

fique. Le plus important vient maintenant, à travers l'essai.

— C'est vrai, renchérit Beck, le plus important vient maintenant.

16

— Tu réalises que tu as rendez-vous avec le KGB ? glissa Barrabas à l'oreille de l'Indien.

Billy II s'écarta de la fenêtre d'où il observait les rues envahies par la nuit.

— Vous avez peur qu'elle me soutire des informations, colonel ?

— Entre autres, oui.

— Tout va bien se passer, rassura Billy II. Je ne peux pas trouver de meilleure excuse pour leurrer deux de nos copains du GRU. L'amour est partout, et je le prends là où il est, même à Ust Tavda, avec un membre du Parti.

— Essaye de ne pas faire trop de boucan, conseilla Barrabas en observant les gardes.

Près d'un tiers des soldats jouaient aux cartes tandis que les autres dormaient ou s'apprêtaient à le faire.

Billy II s'avança vers le capitaine étendu sur sa couchette.

— Excusez-moi, mon vieux, mais j'aimerais sortir prendre un peu l'air. Vous pourriez détacher deux de vos hommes pour m'accompagner ? Pour ma sécurité, bien sûr...

Balandin le dévisagea sévèrement.

— Dans l'intérêt de la bonne volonté internationale et de l'exécution rapide du travail en cours, enchaîna Starfoot.

Il avait touché un nerf sensible. Balandin grogna un ordre et deux des soldats qui jouaient aux cartes se levèrent pour enfiler un manteau.

— Merci, m'sieur, apprécia Billy.

Il s'apprêtait à quitter la pièce lorsque O'Toole lui envoya :

— Essaye de ne pas t'asphyxier entre ses nichons !

— T'as décidément aucune classe.

— Ouais, on me le dit souvent.

Billy haussa les épaules et sortit avec son escorte.

— Hey, les gars, vous parlez anglais ? demanda-t-il une fois dans l'ascenseur.

— Bien sûr, répondit le plus grand des deux soldats. Et même le français, l'allemand, l'espagnol et l'arabe.

— Alors écoutez. J'ai une fille qui m'attend dehors. Qu'est-ce que vous diriez de me laisser un peu de mou ?

Les *Spetsnaz* échangèrent des regards sceptiques.

— Une femme. Elle m'attend. Dehors, insista lourdement Billy II avant de faire un geste universel, passant vulgairement son index droit dans le cercle formé par le pouce et l'index de sa main gauche.

Enfin, les deux soldats grognèrent ce qui ressembla à un consentement.

Pas même un sourire, pensa Billy. De toute façon, le piège s'installait. Tout était déjà convenu entre les SOBs, et le KGB allait avoir affaire à plus forte partie qu'il ne le pensait.

A l'extérieur du bâtiment, la température atteignait moins vingt degrés environ. Billy II ne s'en formalisait pas, il était habitué à la vie dure.

Il vit Sasha surgir dans l'obscurité, emmitouflée dans d'épais vêtements.

L'Indien enroula un bras autour de ses épaules et la pressa contre lui. Son nez rougi par le froid coulait légèrement, mais ça n'empêchait pas Billy de lui planter sa langue chaude et affamée dans la bouche. Lorsqu'il eut fini de l'embrasser, il se retourna vers son escorte :

— La dame et moi, on va derrière ce buisson pendant un petit moment. Okay ?

Pour toute réponse, les *Spetsnaz* lui tournèrent sèchement le dos et il entraîna Sasha vers des fourrés recouverts de neige.

Une telle épaisseur de vêtements séparait leurs deux corps que Billy II faillit s'énerver. Il aurait voulu enlever son pantalon plutôt que de n'en défaire que la braguette, mais il craignait d'attraper des engelures sur une partie délicate de sa personne. Pourtant, il parvint enfin à transpercer le corps frénétique et endiablé de Sasha. Elle tressautait comme dans une épreuve de rodéo. Devant un tel déchaînement, Billy II redoubla ses efforts, donnant l'impression de s'être soudainement transformé en un taureau en rut.

Sasha en oublia tout devoir envers la patrie, enroula ses courtes jambes autour de l'Indien et s'accrocha comme s'il en allait de sa vie.

Billy savait que les Soviétiques entraînaient les agents féminins du KGB au « sex-control ». Elles n'étaient pas supposées non plus le perdre au beau milieu de leurs ébats. Sasha, pour sa part, s'en moquait éperdument. Ses cris de jouissance exaltés en témoignaient. Elle mordait à présent la lèvre inférieure de Billy II. Tout son corps se cabrait et roulait comme le tonnerre.

Lorsqu'elle cessa enfin de s'agiter, Billy lui glissa au creux de l'oreille :

— Alors, comment tu trouves la façon de tirer un coup du grand Peau Rouge ?

La jeune femme lui répondit dans sa langue natale à laquelle il ne comprenait rien, mais il pensa que c'était sûrement gratiné.

Au bout d'un moment de paix, Billy se redressa, remonta sa braguette et ressentit bientôt le piquant du froid sibérien sur son pantalon mouillé par la neige, du haut des cuisses jusqu'aux tibias. Il sautilla un instant sur place pour échapper aux frissons envahissants, puis adressa un signe aux *Spetsnaz* qui s'impatientaient devant le bâtiment.

— Il faut qué j'y retourne, fit-il à sa partenaire. J'ai sincèrement apprécié ton hospitalité.

— Demain, nous parlerons, fit Sasha en anglais avant de disparaître dans l'obscurité.

Elle avait le dos blanchi par la neige, du bonnet jusqu'aux bottes.

A son retour, les deux gardes toisèrent Billy avec un dégoût non dissimulé.

— Vous serez bientôt les prochains, marmonna l'Indien.

— Qu'est-ce que vous avez dit ? interrogea le plus grand des soldats.

— Je dis que les femmes russes manquent d'amour, mentit Billy. Vous devriez vous amuser avec elles au lieu de le faire avec vos fusils d'assaut.

Les gardes n'avaient aucune envie de plaisanter.

— Rentrez maintenant. Vous vous êtes assez amusé.

Erreur, pensa Billy en pénétrant dans le hall. L'amusement va bientôt commencer.

Lee serra doucement l'épaule du capitaine Balandin.

— Y a-t-il un endroit où nous pourrions parler seul à seul ? demanda-t-elle.

— Pour quelle raison ? renvoya-t-il d'un air suspicieux.

— Même en Russie les femmes peuvent changer d'avis, n'est-ce pas ?

Le capitaine se décrispa visiblement, prit la main de Leona dans la sienne et y déposa un baiser.

Elle réprima son dégoût.

— Par ici, dit-elle. Pas devant les autres...

Le capitaine se leva de sa couchette et enroula un bras possessif autour de la taille de la jeune femme, de manière à ce que les SOBs et ses propres soldats se rendent bien compte de ce qui se passait.

Cette réaction ne ferait que faciliter la tâche de Leona. Balandin hésiterait à appeler à l'aide lorsque ses hommes le savaient en compagnie d'une « faible » femme.

— Nous pouvons utiliser la chambre qui se trouve au bout du couloir, fit-il en l'entraînant hors de la pièce et en lui claquant les fesses du plat de la main.

Leona aurait voulu effacer le sourire niais du visage de son ennemi, mais n'en fit rien. Ce n'était que partie remise. A l'autre bout du couloir, Balandin ouvrit la porte d'une petite pièce sombre, alluma la seule lampe qui l'éclairait à peine. Il s'agissait du local du concierge où étaient entreposées de nombreuses bouteilles, des containers métalliques et le complément habituel du nettoyage : Balais, seaux, serpillières et tout un attirail de plomberie.

— Très romantique ! observa Lee.

Le capitaine l'attrapa par le bras pour la tirer brutalement à l'intérieur.

Lee n'opposa aucune résistance, le laissa refermer la porte derrière eux et lui fit face sans peur, bien qu'il dût peser une bonne centaine de kilos de muscles et d'os.

— Vous m'avez fait mal dans l'avion, lâcha-t-il en lui portant brusquement un violent coup de poing au visage.

Pendant quelques secondes, elle eut l'impression que sa tête allait éclater, puis les éclairs se scindèrent en milliers de petites étoiles. Du sang apparut à l'endroit du choc. La moitié de son visage était en feu.

Ce type est un malade mental, pensa-t-elle.

— Maintenant, c'est à mon tour de vous faire souffrir, continua Balandin en avançant les mains pour lui saisir la gorge.

Mais le capitaine n'attrapa que du vent.

Lee plongea souplement sous ses bras tendus, le contourna pour lui enfoncer violemment son coude dans le rein droit.

Balandin suffoqua, son corps tout entier se cabra sous la douleur. Sa paralysie momentanée permit à Leona de lui porter un nouveau coup à l'endroit exact du premier.

Cette fois, le résultat fut dramatiquement différent pour le capitaine qui s'écroula à genoux comme si tous ses nerfs venaient d'être sectionnés. Sa bouche happait désespérément l'air ; il luttait contre l'asphyxie qui convulsait sa cage thoracique.

Il essayait de crier lorsque Lee l'empoigna par les cheveux, lui tirant fortement la tête en arrière pour lui expédier un hatémi à la gorge. Cela ne suffit pas à lui écraser la trachée artère, mais contribua à le rendre momentanément muet.

— Ce n'est pas pour moi, fit-elle en relâchant sa prise. Je ne suis pas un monstre comme vous. Je crois en la simple justice. C'est pour toutes les pauvres filles que vous avez torturées.

Leona le poussa durement du pied, l'envoyant s'écraser, tête la première, contre le mur opposé.

— Debout ! ordonna-t-elle froidement.

Le capitaine se redressa difficilement, se retourna vers la jeune femme et ouvrit la bouche pour lui hurler quelque chose. Seul un coassement incompréhensible lui échappa.

— Ça vous laisse sans voix, hein ? ironisa-t-elle.

Balandin dégaina son couteau:

Il était décidé à la terrifier, à la plier jusqu'à la soumission complète, à la violer et enfin à la poignarder jusqu'à la mort. Après, il dirait qu'elle avait tenté de le tuer et qu'il s'était défendu.

Mais avant de plonger sur elle, il ouvrit sa braguette pour lui montrer ce qu'il avait encore en réserve. Puis il chargea. En force.

Ce qui suivit se déroula si vite qu'il n'eut d'abord pas le temps de s'en rendre compte.

En une fraction de seconde, elle concentra toute l'énergie nécessaire dans son acte. Sa main, paume tournée vers le plafond, se durcit comme l'acier, ses doigts raidis plongèrent sur les testicules que lui exposait le salaud, se refermèrent comme une serre d'aigle et les arrachèrent d'un coup sec.

Balandin tomba à genoux, les yeux écarquillés et remplis par l'horreur en réalisant qu'une partie de ses organes génitaux venait de lui être soustraite. Puis il sombra dans l'inconscience.

Leona plaça aussitôt l'infâme poignée de chair dans la poche du capitaine, ligota ses poignets et ses chevilles à l'aide de deux portemanteaux en fil de fer qu'elle tira d'un placard. Puis, elle récupéra trois autres ceintres, le couteau de son agresseur, et se dirigea vers la sortie. Balandin émit une faible plainte.

— Tiens bon, mon gars ! plaisanta-t-elle avant d'ouvrir la porte.

Le plan allait fonctionner. Le moment était venu.

Billy II entra le premier dans la cage de l'ascenseur, s'adossa contre la paroi du fond et observa ses « gardes du corps ». Le plus grand pressait le bouton d'étage tandis que le second surveillait l'Indien. S'il n'avait aucun moyen de les prendre par surprise, il se débrouillerait comme il le pourrait. Il le fallait bien.

Tout de suite, même.

Brusquement, il projeta son pied au moment où l'ascenseur démarrait, fort et droit, vers le plexus solaire du plus trapu des soldats. Celui-ci réagit néanmoins avec une incroyable rapidité, bloquant le coup de son bras gauche. Billy récidiva aussitôt, utilisant son élan pour pivoter et lui délivrer un coup de talon vicieux dans le menton. Le choc ébranla le type dont le regard parut se vider.

C'est alors que quelque chose heurta violemment la nuque de Billy qui se sentit flancher. Il devait lutter contre l'obscurité environnante. Le colonel et les SOBs comptaient sur lui.

— Le petit jeu est terminé ! grinça le plus grand en portant la main à son Makarov logé dans son holster de hanche.

Billy choisit l'instant où l'automatique quittait sa gaine pour projeter avec force le bout de sa botte contre le poignet du soldat. L'arme tomba sur le plancher et l'Indien écrasa de son avant-bras la gorge de son adversaire pour le bloquer contre la paroi de l'ascenseur.

Il perçut alors un mouvement furtif derrière lui. L'autre n'était pas suffisamment sonné. Il réagit en un quart de seconde, agrippant sa proie par le manteau et la plaçant brutalement devant lui pour s'en servir de bouclier. Le couteau s'enfonça profondément dans la chair du *Spetsnaz*. Pendant quelques courtes secondes, les trois hommes se retrouvèrent presque nez contre nez. Puis, l'un des soldats s'écroula. La lame à double tranchant avait sectionné une artère principale. Billy lâcha très vite le corps agité de spasmes. L'autre tueur libéra sa lame, chercha à la planter dans le ventre de Billy qui lui bloqua le bras dans un *arm-lock* impitoyable. Le type était fort et déterminé. Billy ne parvenait pas à lui faire lâcher son arme. Les deux hommes s'affrontaient statiquement, tremblant sous les forces contraires que chacun déployait.

L'Indien tenta de le déséquilibrer mais ne parvint qu'à le plaquer contre les portes. L'ascenseur arrivait presque à destination. Il redoubla ses efforts, employant toute son énergie à dominer la situation. Le *Spetsnaz* perdait peu à peu du terrain, serrant les dents, conscient lui aussi que les renforts n'étaient plus très loin.

Une lueur éclaira le visage impassible du soldat au moment où les portes s'ouvrirent derrière lui. Il s'apprêtait à appeler à l'aide.

Billy aperçut Lee Hatton devant l'ascenseur. Il n'eut pas besoin de lui expliquer la situation, elle la comprit d'instinct et intervint comme la foudre. Passant un fil de fer provenant d'un cintre autour de la gorge du tueur, elle resserra aussitôt le garrot qui s'enfonça profondément dans les muscles et les tendons du cou, lui ôtant toute possibilité de crier et de respirer. Le sang, bloqué au niveau de la jugulaire, n'irriguait plus le cerveau.

Lee continua à serrer. Le Soviétique lâcha son arme pour tenter d'agripper le fil qui l'étranglait. Mais il était trop tard, il ne pouvait plus gagner le combat.

Bientôt son visage s'empourpra, sa langue parut

vouloir s'échapper de sa bouche noircie par l'étouf-
fement, et il s'écroula contre l'Indien. Mort.

— Merci, Doc, fit Starfoot en laissant tomber le
corps sur le plancher.

Lee récupéra le Marakov.

— A présent, dit-elle, le spectacle va vraiment
commencer.

17

Lorsque Leona réintégra la chambre-dortoir, les *Spetsnaz* qui jouaient aux cartes la dévisagèrent sans s'alarmer une seconde de la voir revenir seule. Ils étaient tous trop occupés à imaginer ce qu'avait pu lui faire leur capitaine.

Elle vint s'asseoir sur le bord de la couchette qu'occupait Barrabas.

— Alors ? demanda-t-il tout bas.

— Trois sont hors service. Ça nous en laisse douze à arranger.

Le colonel l'entoura de son bras, faisant mine de la consoler pour mieux dissimuler ses gestes. Elle put alors sortir de sa chemise les deux Makarovs, le couteau et la paire de cintres détortillés qu'elle avait récupérés. Puis elle les posa entre eux deux sur le lit.

Barrabas choisit pour lui-même un des portemanteaux et se redressa. Son large dos faisait écran aux joueurs de cartes, il tendit discrètement un pistolet à Dayo sur la couchette supérieure. De la même manière, Leona distribua l'autre pistolet à Beck et le couteau à O'Toole.

Une main derrière le dos, Barrabas avança tranquillement vers la table de jeu. Les gardes ne lui prêtèrent aucune attention lorsqu'il regarda tour à tour par-dessus l'épaule de chacun d'eux, apparemment pour connaître la main que les joueurs avaient reçue, mais surtout, pour se mettre en position à l'autre bout de la table.

— Venez par ici, Lee, jetez-moi un coup d'œil là-dessus.

Lee Hatton vint se placer derrière le joueur installé à droite du colonel.

— Ahh-Tchoo ! émit Barrabas en se couvrant le nez et la bouche de sa main libre.

— A vos souhaits, enchaîna un des soldats, la mine goguenarde.

— Merci, répliqua Barrabas en glissant aussitôt le fil de fer autour du cou de sa victime.

Une demi-seconde plus tard, Lee piégait à son tour le joueur qu'elle surplombait.

L'effet de la surprise laissa un instant les autres *Spetsnaz* sans réaction, puis ils réalisèrent et s'agitèrent brusquement.

Liam, agenouillé sur une couchette supérieure, projeta son couteau avec une précision mortelle. La dague vint traverser de part en part la gorge d'un des soldats dont le visage se décomposa. Le sang gicla entre ses dents serrées lorsqu'il tenta désespérément de libérer la lame. Son corps tout entier fut pris de convulsions et il s'écroula au sol, face contre terre, dans un dernier spasme d'agonie.

Une autre lame jaillit dans le dos d'un *Spetsnaz* posté devant la porte ouverte. Son cœur venait d'être transpercé par le couteau de Billy II qui rentrait à son tour dans la pièce. Il poussa le mourant sur la table, et récupéra l'arme.

Agrippant son oreiller, Nate Beck chargea les deux hommes encore debout. Poussant l'oreiller sur le dos du plus proche, il y enfonça aussitôt le museau de l'automatique et tira deux fois. Si le bruit fut étouffé, les ogives 9 mm, par contre, traversèrent le corps du soldat avec une extrême facilité.

Les autres gardes, endormis sur les couchettes, se réveillèrent avec un temps de retard, les réflexes englués par le sommeil. Certains n'eurent pas le temps de réaliser la situation et moururent dans leur lit. D'autres furent abattus en plongeant vers leurs armes. Chank Dayo plaqua son oreiller sur une tête et tira, puis plongea aussitôt après sur un autre dormeur. Il put voir le rictus de douleur sur le visage du garde lorsque la balle lui perfora la poitrine. Le sang giclait de toutes parts dans la pièce, mêlé à des éclats de chair éparpillés sur le sol et les murs.

Ce n'était plus une guerre mais une véritable exécution.

Elle était pourtant nécessaire.

Nate descendit le dernier joueur de cartes pendant que les SOBs se précipitaient vers les couchettes occupées.

O'Toole plongea sur un homme qui venait de s'échapper de son lit, le coinça dans ses puissants bras et lui brisa la nuque d'une torsion brusque et rapide, relâchant aussitôt le corps pantelant pour s'occuper d'une autre cible.

Une sorte de délire diabolique semblait avoir envahi les lieux. Une véritable frénésie avait pris les deux camps adverses. Celle des *Spetsnaz* à échapper à leurs ennemis, celle des SOBs à les abattre tous.

Lorsque le dernier soldat tomba sous la dague de commando de Billy II, les cinq mercenaires et leur chef se regroupèrent au centre de la pièce.

La mort les entourait. Le dortoir était parsemé de corps contorsionnés, de draps sanglants ; les murs maculés de morceaux de chairs et de cervelles sanguinolentes.

Barrabas n'avait rien à dire à propos de leur succès. Les félicitations n'avaient pas lieu d'être.

— Ramassez leurs armes, fit-il en se penchant pour récupérer un Makarov tombé par terre. Les couteaux aussi.

Nate essuya le sang sur la crosse d'un pistolet avec un bout de drap épargné par le massacre.

— C'est pas le moment de faire le ménage, Beck, déclara O'Toole. Fourre ça dans ton manteau et dégageons.

Beck fut le dernier à quitter la pièce. L'image de la boucherie qu'ils venaient de déclencher resterait longtemps gravée en lui. Ils descendirent jusqu'au rez-de-chaussée. Ou l'équipage de l'Ilyushin était habitué à entendre du grabuge dans les quartiers des *Spetsnaz*, ou bien le vacarme de la bagarre n'avait pas été audible dans les étages inférieurs. Le pilote occupait une chambre personnelle. La porte n'en était pas verrouillée. Pas beaucoup plus grande que celle où Lee et Balandin avaient réglé leur petit différend. Elle parut même encore plus vétuste lorsque les six Américains s'y glissèrent ! La lueur d'un projecteur à travers la fenêtre leur permit de voir leur nouveau conscrit. Le type dormait profondément.

Il se réveilla en sursaut au contact froid du Makarov contre son oreille droite.

— Pas un bruit, conseilla Leona en russe.

Liam actionna la lumière de la petite pièce.

Le pilote semblait sur le point de fondre en larmes.

— Habillez-vous, poursuivit Leona. Faites ce qu'on vous dit et vous ne risquerez rien.

Le Russe se vêtit en quatrième vitesse.

Billy II lui envoya son manteau et le poussa vers la porte.

— Je n'aime pas son attitude, murmura Barrabas à l'oreille de Leona. Il ressemble à un lapin qu'on saigne vivant. Il doit être opérationnel.

— Je vais arranger ça, rassura Lee.

Pendant que les autres SOBs quittaient la pièce, la jeune femme eut un petit entretien avec le pilote, lui expliquant qu'ils venaient déjà de descendre plus d'une douzaine de *Spetsnaz* armés, le lui prouva en lui montrant les armes récupérées et ajouta qu'au premier signe de résistance de sa part, il serait immédiatement abattu. Pour appuyer ses dires, elle lui appliqua le bout finement aiguisé de sa dague de commando juste en-dessous du sternum.

Ce fut un homme complètement transformé qui quitta la pièce devant Leona. Un homme prêt à agir pour un nouveau drapeau.

Les SOBs quittèrent le bâtiment par la porte principale, progressant sur le trottoir verglassé jusqu'à la courbe où était garée une Lada quatre portes.

La rue bien éclairée était complètement déserte. O'Toole fit péter la vitre côté passager d'un violent coup de talon.

Aussitôt Barrabas débloqua le verrou et ouvrit la portière.

Ils s'empilèrent dans le véhicule, obligeant le pilote à prendre le volant. Nile s'installa près de la vitre brisée, à côté de Leona, et se pencha au-dessus de ses genoux pour lancer le moteur à l'aide des fils de contact sous le tableau de bord.

— Dites à notre ami que nous voulons nous rendre à l'aéroport, expliqua le colonel. Dites-lui aussi que si les gardes de l'entrée soupçonnent quoi que ce soit, il sera le premier à mourir.

— Il sait déjà tout ça, fit Lee en souriant, mais ça ne fait jamais de mal de répéter une menace, continua-t-elle, en plaçant doucement la pointe de son couteau contre le flanc du pilote.

— Conduisez, et faites attention, très attention, lui adressa-t-elle en russe.

Le pilote lança le véhicule surchargé.

— Qu'est-ce qui se passera si on se fait accrocher à l'entrée ? demanda Beck.

Barrabas se retourna, dévisagea le sorcier de l'électronique dont l'expression était aussi froide que la nuit.

— S'ils nous arrêtent, on les déglingue. A ce stade de la mission, nous n'avons pas d'autre choix. Tu veux peut-être leur expliquer comment on a fait pour sortir du dortoir sans escorte ? Et s'ils appellent le bâtiment pour contrôler ce qu'on pourrait leur dire, il y en a bien un qui sera foutu d'aller jeter un coup d'œil dans la chambre des cadavres. Ce qui signifierait pour nous quelques petits ennuis.

Ils poursuivirent la route en silence, chacun perdu dans ses pensées, tandis que défilaient les parcs publics désertés, les amoncellements de neige chassée dans les caniveaux, les grands immeubles modernes d'où s'échappait la lumière de presque toutes les fenêtres. Les Russes encore éveillés étaient trop occupés à penser aux dents de leurs gosses, à leurs belles-mères, au contremaître de l'usine, à se demander s'ils allaient jamais revoir un autre rouleau de papier toilette décent, manger encore d'autres oranges fraîches. Les membres du Parti, eux, n'avaient aucun souci, à part celui de maintenir leur contrôle, leur pouvoir, de conserver la population dans un état de manque relatif, de soumission et de peur.

— J'aurais préféré que tu tapes un peu moins fort, O'Toole, fit Beck en claquant des dents.

L'air glacial s'infiltrait par grosses bouffées à travers la vitre cassée.

— Ou au moins que t'aies un plus petit pied, ajouta Billy II avec un rire qu'il s'efforçait de rendre niais.

— Vous en faites une paire de héros ! observa Liam. Est-ce que vous nous voyez nous plaindre, moi et Dayo ?

Dayo se fit son propre porte-parole :

— L'Esquimau ne peut pas se plaindre, il est complètement frigorifié.

— Fermez-la, conseilla Barrabas. On arrive à l'aéroport. Seuls le pilote et Lee ont l'autorisation de parler. Si les choses se gâtent, elle nous donnera le feu vert. Tenez vos armes prêtes.

— Faites gaffe où vous tirez, lança Billy II aux trois autres à l'arrière. Souvenez-vous que je suis entre vos museaux et la cible.

— Ta gueule !

Les gardes surgirent de leur cabane au moment où la Lada s'immobilisait devant la barrière fermée. Leurs AK-74 pendaient en évidence à leurs épaules.

Lee adressa quelques mots à l'otage avant qu'il n'abaisse sa vitre. Le pilote présenta ses papiers et dut même plaisanter avec les gardes car ceux-ci se mirent à rire. Lee traduisit aux SOBs les incompréhensibles phrases et tous se joignirent à l'hilarité. Lorsque les gloussements cessèrent, la nervosité s'installa. Un des soldats désigna les nombreux passagers à l'arrière du véhicule et posa une question. Le pilote commença à parler à toute vitesse. Lee lui appliqua un peu plus fortement la pointe du couteau contre le flanc pour le ramener à un débit plus régulier. Après un instant d'hésitation, le garde recula pour s'entretenir avec son partenaire et revint une minute plus tard, le sourire aux lèvres, pour leur donner l'autorisation de passer.

Le portail fut déverrouillé et la petite troupe put continuer son chemin.

— Qu'est-ce qu'il leur a dit ? demanda O'Toole.

Lee expliqua sans se retourner :

— Il a dit à ces bozos que nous avions un chargement de contrebande dans l'Ilyushin. Il leur a proposé de leur en offrir une partie à leur retour.

— Et qu'est-ce qu'il leur a proposé comme matériel ? Des albums de chanteurs ?

— Non, des revues pornographiques.

— Pas mal, fit Billy II.

Le pilote gara la voiture au pied de la passerelle de l'Ilyushin.

— Dites-lui qu'il a fait du bon travail, fit Barrabas.

— Il le sait, anticipa O'Toole, il est toujours en vie, n'est-ce pas ?

— Surtout, ne lui parlez pas de ce que nous avons l'intention de faire, ajouta Dayo, on ne voudrait pas lui gâcher sa soirée.

— Lee, continua Barrabas, vous feriez mieux de l'emmener dans l'avion avec vous. Toi aussi, Dayo. Il est temps que tu ailles prendre ton cours de pilotage russe.

Il n'y avait aucun garde devant le hangar où les caisses étaient supposées être. Les SOBs firent glisser l'immense panneau et pénétrèrent à l'intérieur.

— Allumez, dit Barrabas.

Dès qu'ils localisèrent leurs caisses, ils s'attaquèrent à l'ouverture des doubles fonds et eurent bientôt la satisfaction de découvrir les armes soviétiques. Chacun des mercenaires prit un AK-74 et quatre chargeurs de trente cartouches. Il y avait encore une paire de fusils sniper Dragunov, des RPG et un assortiment de grenades ComBloc.

— Sortons tout le matériel, fit Barrabas en s'emparant d'un AK et d'un RPG.

Ils enlevèrent avec précautions le matériel électronique du fond de la caisse.

— J'espère qu'il n'a pas été endommagé pendant le voyage, observa Nate.

— Déconne pas ! s'exclama Billy II. Si les enflures du goulag demandent de l'aide et réussissent à l'obtenir, on ne fêtera jamais le nouvel an.

— Ni aucun des autres qui suivront, déclara Barrabas.

Les SOBs transportèrent leur équipement de combat dans l'avion et l'empilèrent dans le couloir central.

Le pilote, debout dans le cockpit, eut l'air horrifié à la vue des armes et des munitions. Il commençait à comprendre le manège.

— On n'aurait pas un petit problème, colonel ? demanda O'Toole en désignant du pouce le pilote pétrifié.

Lee répondit pour lui en saisissant le Soviétique par le col pour le pousser vers la cabine de pilotage. Elle déballa quelques phrases en russe et l'homme prit place devant le tableau de bord qu'il commença à vérifier.

— Qu'est-ce que vous lui avez dit ? demanda Liam.

— Je lui ai dit qu'on se rendait à Disneyworld via la Sibérie, et que s'il tenait à serrer la main à Mickey et à Donald, il devait agir en bon garçon.

Elle retourna dans le cockpit.

Les SOBs venaient tout juste de finir le rangement des armes lorsqu'elle réapparut.

— Tout est vérifié, colonel, annonça-t-elle. Nous sommes prêts à partir.

Barrabas grimaça. Il comptait à nouveau sur la chance, pour que les soldats, à l'entrée de l'aéroport, ne déclenchent pas l'alarme. Si le cas survenait, des avions de chasse décolleraient très vite, et alors...

— Alors allons-y, rétorqua-t-il.

18

Anatoly Léonov grelottait sur le sol glacé du réfectoire, incapable de se relever pour retourner à son travail. D'autres hommes gisaient autour de lui, attendant la mort, combattant leur propre volonté de vivre. Les dernières souffrances des « inutiles » n'avaient aucunes raisons d'être, ne servaient aucune glorieuse et noble cause. La liberté, au fond, était la plus grande des garces, exigeant tout et ne concédant rien.

Une chaleur intense s'emparait de ses yeux, de sa gorge et de son nez. Une chaleur intérieure qui lui brûlait les lèvres, les narines et la langue. Une fièvre furieuse et ardente qui le consumait. Une soif féroce l'envahit, aussi, mais il ne voulait ni ne pouvait se déplacer. Il avait peur de l'obscurité dans le couloir où l'attendait son seau d'eau. Peur de ne jamais l'atteindre ou de ne pas en revenir. Etrangement, il trouvait le réconfort dans la présence de ses confrères *dokhodyaga*. Ses souffrances étaient les leurs. Leurs pensées errantes et désespérées étaient les siennes. Une union de douleur, de cœurs déchirés.

Le scientifique considérait son combat pour la vie qu'il menait depuis deux années, la façon dont il s'était démené pour échapper à la noyade malgré ses graves blessures. Tout ça pour quoi ? Mourir noyé était une fin exutoire facile. L'eau pénétrant dans les poumons provoquait un blocage du système nerveux complet, et puis l'on sombrait après un moment de malaise, pour ne jamais plus se réveiller. Pourtant, et malgré l'enfer qu'il vivait, bien que se sachant condamné, il ne pouvait pas abandonner sans combattre.

Depuis le sol sur lequel il gisait, il put entendre le martèlement de pas se dirigeant vers lui dans l'obscurité. Mais il n'avait pas la force de lever la tête pour voir qui arrivait. Ses yeux se refermèrent.

Le bout humide d'une botte lui poussa le menton.

— Sais-tu quel jour nous sommes, célèbre camarade ? fit une voix grave au-dessus de lui.

Léonov ne comprit même pas la question. Le chapelet de mots n'avait aucun sens pour lui.

Kruzhkov glissa son pied sous le crâne du mourant et lui secoua la tête d'avant en arrière, juste assez pour faire gémir sa victime.

— Célèbre camarade, aujourd'hui c'est le jour de ta mort, et mon jour de chance. Finalement, tu auras tout de même servi à une chose dans ta misérable vie : tu m'auras fait gagner trois cents roubles.

La douleur sortit un moment Léonov de l'abrutissement de la fièvre. Il essaya de parler, mais sa langue resta collée contre son palais, tant sa bouche était sèche.

— Je sais à quoi tu penses, fit Kruzhkov en reposant son pied sur le sol avant de s'agenouiller. Tu

crois que les autres ne me paieront jamais parce
qu'ils sauront que c'est moi qui t'ai tué ?

Le forçat ricana doucement :

— Ils le penseront certainement, continua-t-il,
mais ils seront incapables de le prouver.

Il souleva le corps pantelant entre ses puissants
bras et se dirigea vers la porte.

Lorsque Kruzhkov arriva dehors, son fardeau
humain commença à trembler violemment. L'air
glacé de la nuit ôtait à Léonov ses dernières forces,
le piquait jusqu'à la moelle des os.

— On te découvrira d'ici quelques heures, expliqua Kruzhkov en déposant le scientifique sur la
neige entre le réfectoire et les baraques des prisonniers. Tout le monde croira que tu as essayé de
retourner à ta couchette et que tu as échoué. Une
chance tout à fait possible pour moi.

Léonov se recroquevilla du mieux qu'il put.

— Fait froid, hein ! émit le salaud en secouant
ses jambes. Mon lit bien chaud m'attend. Merci,
célèbre camarade, merci d'avoir tenu jusque-là. Je
savais que tu en étais capable. Bonne nuit, et *dor-
midjenya* !

19

Chank Dayo avait collé son postérieur sur le siège du copilote. Maîtriser les commandes de l'avion de transport n'était pas une tâche facile. L'Ilyushin avait couvert les cent cinquante kilomètres séparant Ust Tavda du goulag Tarkotovo en vingt minutes. Dayo pilotait seul depuis les dix dernières minutes.

— Comment ça se déroule, ici ? demanda Barrabas en entrant dans le cockpit.

— Le camp est en approche, expliqua Leona. Tout droit, à moins de deux kilomètres.

— Tu t'en sors, Chank ? interrogea Billy II par-dessus l'épaule du colonel.

Comme le reste de la troupe, Billy avait revêtu une tenue de combat d'hiver : un tissu de camouflage blanc par-dessus son parka, ainsi que des bandes molletières blanches autour de ses bottes.

— Il a plus qu'intérêt à le faire, fit Barrabas. Nous allons survoler une première fois cette piste d'atterrissage, après quoi, nous tenterons de nous poser. Doc, il est temps de lancer le signal de détresse.

Pendant que Lee saisissait le micro de la radio, Barrabas interpella Beck installé sur la première rangée de fauteuils.

— Prépare-toi au brouillage, Nate, envoie la confiture dès que Doc t'en fait signe.

Beck acquiesça et se prépara à faire fonctionner le poste de brouillage à haute fréquence.

Leona pressa le bouton de transmission et envoya à toute vitesse le signal-message de détresse. Sans même attendre la confirmation au sol, elle ajouta qu'ils étaient à court de carburant et descendaient pour effectuer un atterrissage en catastrophe.

— Vas-y, Beck ! lança Barrabas au moment où Lee coupait la transmission.

Quelques secondes avant que le récepteur de l'Ilyushin soit encombré de sifflements et de grésillements, quelqu'un répondait depuis le camp.

— Qu'est-ce qu'il a dit ? demanda Barrabas.

— Je n'ai compris que deux ou trois mots. Il voulait que nous répétions le message.

Barrabas scruta le paysage à travers le pare-brise. La ligne de l'horizon apparut au-dessus d'un halo de lumière, entre le ciel sombre et la terre d'un blanc lumineux.

— Seulement une fois le tour, rappela-t-il à Dayo.

L'Esquimau diminua la puissance des moteurs et fit lentement glisser le transporteur dans un virage à gauche. Les mercenaires purent distinguer les phares d'un camion, puis d'un second quittant le camp avec précipitation pour rejoindre la piste d'atterrissage.

— Voici notre comité de réception, observa Lee. Regardez, ils allument les balisages de la piste.

Les SOBs purent enfin distinguer clairement la piste.

Brusquement, le pilote se mit à pousser des cris et à gesticuler sauvagement des mains.

— Nyet ! Nyet ! s'exclama-t-il en essayant de reprendre le contrôle de l'appareil et continuant de vociférer.

— Qu'est-ce qui lui prend ? demanda Billy.

— C'est la glace, répondit Lee. Il dit qu'il est impossible d'atterrir sur cette piste.

— Ça c'est une sacrée surprise, hein, Chank ? fit l'Indien.

Dayo ne répondit pas à la question de son ami.

— Le train d'atterrissage, bon Dieu ! cracha-t-il. Dites à ce sale communiste de sortir ces saloperies de roues !

Lee appliqua le museau de son Makarov contre la tempe du pilote et répéta l'ordre en russe.

Le train d'atterrissage fut débloqué juste au moment où Dayo entamait son approche finale.

— Je conseille à tout le monde de boucler sa ceinture, annonça l'Esquimau d'une voix légèrement altérée.

Les SOBs retournèrent rapidement à leurs fauteuils où ils s'attachèrent soigneusement.

Dayo savait qu'il aurait besoin de chaque centimètre de terrain pour arrêter l'appareil, aussi s'approcha-t-il le plus possible de l'entrée de la piste. Les roues se posèrent si près du bord que le pilote russe faillit se trouver mal. Dès que les atterrisseurs

avant touchèrent le sol, Chank commença à action-
ner les volets de freinage.

Lourde erreur !

L'appareil ne ralentit pas mais commença à déri-
ver légèrement sur le côté. A présent dans le cockpit, l'horizon obscur avait succédé au goulag.

— Merde ! s'exclama quelqu'un dans la cabine
des passagers.

L'Ilyushin avait parcouru un tiers de la piste et sa
vitesse n'était toujours pas descendue en-dessous
des cent soixante kilomètres/heure. Dayo savait que
s'il ne parvenait pas à stopper l'appareil, celui-ci
finirait en une gigantesque boule de feu quelque
part au milieu du marais gelé. Il poussa les freins à
leur maximum ce qui eut pour effet d'augmenter la
dérivation de l'avion.

— Arrête-toi ! beugla Dayo. Arrête-toi donc,
saleté de zinc !

L'Ilyushin poursuivait sa route à l'envers, queue
devant, dans une sorte de danse nonchalante.

— Accrochez-vous, les gars ! cria O'Toole par-
dessus le crissement strident des pneus sur la glace.
Et faites des prières si vous en connaissez !

L'avion effectua un tour complet sur lui-même,
parut enfin ralentir notablement. A travers le pare-
brise, Chank aperçut les signaux lumineux que
l'équipe du goulag avait installés à l'extrémité de la
piste. Ils s'en rapprochaient dangereusement, bien
que la vitesse soit en partie tombée.

— Ça va faire vachement juste ! cria-t-il aux
autres. Cramponnez-vous...

L'appareil parcourut encore une centaine de
mètres et s'immobilisa enfin dans un tressautement

de toute sa structure. La moitié de son aile droite surplombait la fin de la piste.

Des soupirs fusèrent dans la carlingue.

— Ça c'est un pilote, hein ? fit Billy II à l'adresse de O'Toole.

— Vous les Indiens, vous êtes complètement cinglés.

— Magnez-vous ! dit Barrabas en plongeant pour récupérer son AK-74. On va attendre qu'ils nous amènent la rampe de sortie...

— Hey, colonel ! Il n'y a pas de rampe, annonça Beck.

Barrabas s'approcha d'un hublot :

— Bon Dieu ! s'exclama-t-il.

C'était pourtant vrai. L'aéroport était trop petit et bien trop sommaire pour posséder une rampe de sortie normalisée.

— Ils viennent avec ce gros camion bâché juste sous la porte principale, commenta Liam.

— On se contentera de ça, fit Barrabas. Liam et Billy, vous utiliserez les RPG. Attendez que nous ayons nettoyé la place autour de l'appareil, ensuite, vous descendrez les tireurs des deux tours les plus proches. Ce sont les seules qui peuvent vraiment être dangereuses pour l'avion. On se regroupera une fois que nous contrôlerons le terrain.

Le colonel jeta un coup d'œil sur le reste de sa troupe. Beck, Lee et Dayo attendaient près du sas de sortie. Les fusils d'assaut prêts à rugir.

— Il va falloir nous déplacer très vite, continuat-il. Nous devons profiter au maximum de l'élément de surprise. Sautez sur le toit du camion, ensuite au sol entre le véhicule et l'appareil. Vous contourne-

rez le camion en balayant immédiatement les trou-
fions. Ne laissez personne s'enfuir avec l'autre
guinde. Nous en aurons besoin.

A l'extérieur, le camion venait d'être garé sous la
porte de sortie, et le conducteur donna un coup de
klaxon.

— C'est bientôt l'heure du spectacle, fit Barrabas
en armant son AK-74 qu'il régla pour un tir par
rafale. Ouvrez cette sacrée porte !

Dayo déverrouilla la sécurité et poussa le lourd
portillon.

Dès qu'il fut totalement ouvert, Barrabas sauta
sur le toit du poids lourd, acclamé avec enthousiasme par les soldats du KGB. Après cet atterrissage forcé réussi, ils étaient devenus des héros ! Les
hommes ne prêtèrent aucune attention à l'arme que
portait avec désinvolture le grand type aux cheveux
blancs.

Barrabas descendit sur le capot du véhicule, bon-
dit sur le sol. Au-dessus de lui, les trois autres mercenaires quittaient à leur tour l'appareil. Il
contourna le camion par l'arrière, fit glisser l'AK-74
dans ses grandes mains et visa tranquillement la
ligne d'hommes devant lui. L'arme cracha aussitôt
la mort, projetant furieusement des soldats en
arrière sur la piste glacée. Beck et Lee ouvrirent
alors le feu depuis l'avant du poids lourd, utilisant
l'énorme pare-chocs comme bouclier. Puis Leona
fit pivoter le canon de son arme au-dessus de la
portière et déchargea trois ogives brûlantes sur le
chauffeur sidéré. Son corps s'affaissa contre le
klaxon dont le gémissement continu vint se mêler
aux cris des mourants, à leurs hurlements de sur-

prise et de terreur. Ils n'étaient pas préparés à une attaque et n'avaient sur eux que leurs Makarovs.

Beck avait vidé son chargeur et en engageait un second lorsque la réplique leur parvint. Des projectiles claquaient hargneusement contre le métal du camion ; l'un d'eux rebondit contre le pare-chocs et toucha Beck qui eut suffisamment de self-control pour régler le sélecteur de son arme sur « semi-automatique » afin d'économiser ses munitions.

Pendant ce temps, Chank rampait sous le camion d'où il fit feu. Il put voir sa cible vaciller, et avant même qu'elle ne s'écroule au sol, il chercha un nouvel objectif. L'ennemi n'était pas facile à localiser au milieu de tous ces cadavres parsemant la glace. Un seul homme se mit à bouger, puis à courir, tournant le dos à l'appareil tout en s'efforçant de conserver son équilibre sur la piste verglacée. Dayo cibla sa nouvelle proie et tira.

Trois autres SOBs venaient de choisir la même cible. Pratiquement au même instant, quatre projectiles brûlants foudroyèrent le fuyard qui s'étala de tout son long et glissa sur une bonne dizaine de mètres, mort avant de s'immobiliser.

— Nous les avons eus, colonel ! cria Beck.

— O'Toole, Starfoot ! appela Barrabas. Descendez de là-haut.

Les deux mercenaires sautèrent sur le toit du camion, Dragunovs à l'épaule et RPG au poing. Ils restèrent en poste sur le véhicule, Billy sur le toit et Liam sur le capot. Leurs cibles étaient distantes d'une centaine de mètres sur la légère pente de la colline, clairement visibles grâce aux faisceaux des projecteurs du camp. Billy et Liam savaient que les tireurs dans les tours étaient prêts à faire feu contre l'avion, n'attendant qu'un seul ordre pour le faire et se demandant certainement ce qui se passait sur la piste.

Ils devraient attendre une éternité.

Les SOBs étaient experts en ce qui concernait le lancer de roquettes. Les deux tubes sifflèrent et crachèrent une fumée jaune sous l'intense pression qui venait de les faire jaillir hors de leur rampe. Ce fut dans une simultanéité parfaite que les deux tours explosèrent. L'une fut totalement soufflée par la déflagration. De l'autre n'existait plus que la plate-forme de base.

A présent, seule la sirène plaintive du camion venait briser le silence.

Barrabas tira le corps du chauffeur à l'extérieur du poids lourd, l'abandonnant sur le sol et le klaxon se tut.

— Fais démarrer l'autre camion, demanda-t-il à Billy, tout en prenant place derrière le volant ensanglanté, et prends Dayo avec toi. Vous allez nous suivre.

Lee et Nate sautèrent dans l'habitacle. O'Toole resta sur le marche-pied. Barrabas lança le moteur et le véhicule commença à rouler après quelques secousses.

— Si la chance est toujours avec nous, cria le colonel par-dessus le ronflement bruyant du moteur, les gardes du camp principal ne sauront pas si nous sommes des gars du KGB ou une force offensive ennemie. Par contre, une fois que nous aurons viré vers le camp satellite, ils n'auront plus aucun doute. Au retour, nous sommes sûrs d'avoir droit à une fusillade d'enfer !

Barrabas immobilisa le camion à la moitié de la route reliant la piste d'atterrissage aux deux camps. Billy II s'arrêta à son tour et le colonel le rejoignit :

— D'ici, tu peux voir l'autre tour de garde de la partie frontalière du camp, fit-il. Elle doit disparaître avant qu'on ne tourne vers le camp satellite.

— Aucun problème.

— Vous deux, vous allez attendre ici, en poste de tir, pour empêcher les forces du camp principal de nous cavaler après. Bloquez-les à l'intérieur du périmètre.

— Compris, colonel ! affirma Billy.

Barrabas réintégra le véhicule de tête qu'il relança sur la route.

A quelques dizaines de mètres de l'intersection, le crépitement lourd d'une grosse mitrailleuse se fit entendre depuis le camp. Les projectiles mordaient la route verglacée devant eux.

— Vas-y, Starfoot, grogna Barrabas en enfonçant au maximum la pédale d'accélérateur. Ne me lâche pas maintenant.

20

Rivé derrière son RPG, Billy II visait la tour de défense d'où les soldats canardaient déjà le camion du colonel. Il pouvait entendre le staccato des mitrailleuses, distinguer les brèves flammes qui s'échappaient de leurs canons à chaque crépitement.

— Tire, mec, tire ! lança Dayo.

Billy laissa son arme vomir la mort.

La roquette fut violemment propulsée vers sa cible dans un éclair vif orangé. L'enfer parvint à destination et la tour cessa d'exister en une demi-seconde.

Billy replongea aussitôt derrière le capot. De petites armes à feu sifflaient dans leur direction. Quelques projectiles brisèrent les phares et le pare-brise du véhicule.

— Hey ! Ils sont en train de bousiller notre camion, fit Dayo en baissant la tête.

Billy rechargea le lanceur.

— Ils vont finir par avoir les autres si on ne se magne pas, annonça-t-il en se redressant, bravant la pluie de plomb pour viser les portes du camp.

Son angle d'attaque oblique et l'épaisseur du portail en bois très épais rendaient les choses difficiles. Il n'espérait pas annihiler l'ennemi, mais au moins le faire s'éloigner de l'entrée, jusqu'à ce que Barrabas ait pu passer.

Le lanceur se cabra, crachant sa charge mortelle. Celle-ci désintégra la partie droite du portail, un morceau de la palissade et les malchanceux soldats qui se trouvaient derrière.

Le camion de Barrabas vira aussitôt à droite pour foncer vers le pont du marais et le camp satellite.

Billy reprit immédiatement sa place derrière le poids lourd.

— Tu penses en avoir liquidé combien ? demanda Chank.

Les balles se remirent à tomber en pluie de l'autre côté du véhicule.

— Pas encore suffisamment, rétorqua Billy en changeant le RPG pour le Dragunov.

D'autres balles firent éclater le pneu avant gauche.

— Il est temps de se mettre sérieusement au travail, annonça-t-il en se rivant à sa lunette télescopique.

Il aperçut une silhouette surgir à travers la porte du camp principal pour faire feu dans leur direction.

Le Dragunov aboya avec violence, crachant avec autorité une ogive de 7,92mm. L'Indien put voir le soldat décoller du sol pour atterrir un peu plus loin, immobile sur le sol glacé.

Dayo aussi était très occupé. En tant que guerrier expérimenté, il savait que la meilleure position de tir était celle de Billy. Il devait donc se contenter de l'arrière du véhicule, près du gros pare-chocs. A défaut de bloc-moteur pour le protéger, il avait encore les grosses roues et les doubles parois du camion.

Chank pivota, quitta sa couverture, largua trois ogives en semi-automatique et se remit aussitôt à l'abri, incapable de dire s'il avait touché quelqu'un.

A l'avant du camion, le Dragunov rugit encore deux fois.

Dayo récidiva à son tour, envoyant quatre nouvelles balles vers le camp avant de se retrancher à nouveau, attendant la réplique ennemie.

Il n'y en eut aucune.

L'Esquimau réalisa soudain combien il avait froid. La sueur lui collait la chemise contre le dos. Brusquement, il se remémora sa vision, jeta un coup d'œil derrière lui sur l'avion et les lampes à pétrole éclairant la piste. La réalité n'était pas exactement pareille, mais y ressemblait suffisamment pour le faire frissonner d'angoisse.

S'il était destiné à mourir ici, et si rien ne pouvait plus changer ce fait, alors il mourrait au moins en homme.

— Bon Dieu de merde ! s'exclama Billy.

Chank perçut le bruit d'un moteur et se pencha pour en découvrir la source : un camion quittait le camp derrière Barrabas.

— Par ici, espèce d'enculés ! hurla Billy en quittant sa couverture pour attirer l'attention de l'ennemi par un chapelet de coups de feu.

Dayo jaillit lui aussi de son retranchement, régla son arme pour un tir en rafale et déchargea la dernière moitié de son magasin en direction du véhicule. Celui-ci effectua un dérapage avant de faire demi-tour dans leur direction.

— Ça marche, bon sang ! s'exclama Billy. Ces salauds viennent vers nous ! Nile peut continuer !

— Ouais, c'est vraiment extra, fit Chank moins enthousiasmé, en remplaçant son chargeur vide par un neuf. Et qu'est-ce qu'on fout maintenant ? Quand est-ce qu'on va crever ?

— Je savais que tu allais poser cette question, rétorqua Billy, grimaçant un sourire crispé.

Un brusque flamboiement suivi d'une violente déflagration signala la destruction de la tour.

— Très bien, Billy ! fit Barrabas en ralentissant pour s'engager sur la route de droite.

Ce fut alors qu'il put voir la porte du camp s'ouvrir sur une douzaine de fusils d'assaut crépitants.

Il n'avait pas la possibilité de répliquer.

— Baissez vos têtes ! hurla-t-il en accélérant au maximum.

Un nouvel éclair qu'il aperçut dans son rétroviseur extérieur vint frapper la porte du camp, la désintégrant avec quelques gardes.

Le pont surplombant le marais et les lumières de Slash Un apparurent devant eux.

Le problème était que Slash Un aussi pouvait les voir.

De grosses pièces vômirent leur mitraille sur la route gelée depuis les deux tours frontales, défiant les SOBs de traverser la ligne mortelle.

Barrabas stoppa le camion peu avant le pont en bois et hors de portée du tir adverse.

— Dégage-moi ça, Liam, demanda-t-il à l'Irlandais qui empoigna son RPG, descendit du marche-pied et s'agenouilla sur le sol.

Les projectiles ennemis se rapprochaient dange-reusement, mordant hargneusement la route à quel-ques mètres de leur position.

— Qu'est-ce que tu attends, bon Dieu ? cracha Beck.

Liam pressa calmement la détente, laissant la roquette filer vers sa cible. La première des deux tours frontales disparut dans un nuage de débris et de fumée. La déflagration se fit entendre une seconde après l'éclair rageur.

Depuis l'autre tour, les coups de feu n'avaient pas cessé de battre l'air dans leur direction.

O'Toole rechargea son lanceur.

— Dépêche-toi, pressa Leona tandis qu'il calait son arme contre son épaule.

Le rouquin visa puis pressa la détente. Une flamme orangée jaillit du tube brûlant et le projec-tile partit livrer son message aux occupants de la tour. Un message de mort.

La construction se fragmenta sous l'impact de l'explosion, ne laissant qu'un brasier hurlant et tour-billonnant.

— Les portes d'entrée, fit Barrabas.

O'Toole alimenta une nouvelle fois le lanceur et largua une autre dose d'enfer qui effectua parfaite-ment son office.

— Pas mal, hein, colonel ? fit Liam.

— Continue comme ça et tu auras droit à une deuxième médaille, rétorqua Barrabas en lançant le moteur.

La petite équipe traversa le pont pour faire face à

une nouvelle ligne de tir installée derrière les portes soufflées par la déflagration. Le pare-brise du camion s'étoila brusquement sous l'impact d'un projectile teigneux.

— Nom de Dieu ! grinça Beck.

Mais Barrabas ne ralentit pas un seul instant.

21

Anatoly Léonov s'adressait à son défunt ami Valentin lorsque l'atmosphère fut brusquement chargée de crépitements rageurs et d'éclairs si brillants qu'il pouvait les voir à travers ses paupières fermées. Il lui sembla qu'une pluie légère mouillait son corps meurtri.

Ce n'était pourtant pas un orage naturel.

Eclairs et tonnerre appartenaient au printemps sibérien et non à son hiver.

L'image mentale si vivante et réconfortante de son ami vacilla. Plus il essayait de la retenir, plus elle lui échappait.

Des pas lourds et précipités retentirent autour de lui.

Quelqu'un le bouscula avant de plonger en avant, tête la première.

Lorsque Léonov ouvrit les yeux, les restes des deux tours de défense étaient envahies par les flammes. C'est alors qu'il réalisa que la pluie n'était pas constituée par de l'eau du ciel, mais par le sang et les entrailles des soldats désintégrés dans les tours.

Il fit un immense effort pour changer de position et regarder l'entrée du camp où se tenait une rangée de gardes. Ceux-ci tiraient sur quelque chose qu'il ne pouvait distinguer.

Brusquement le sol parut trembler.

Les yeux du scientifique furent envahis par une violente lumière blanche et une fantastique déflagration déchira l'atmosphère.

Léonov recouvrit son visage de ses mains.

La pluie sanglante tombait à nouveau, plus lourde cette fois-ci.

Lorsqu'il rouvrit les yeux, les portes du camp avaient disparu en fumée. Qui donc pouvait faire une chose pareille ? Qui, dans un pays de brebis résignées et réduites en esclavage, voulait risquer de provoquer le terrible courroux du Parti en attaquant une de ses plus vénérables institutions ?

La question avait une réponse : Personne.

Tout ceci fait partie de la fièvre, décida Léonov. A moins que je ne sois déjà mort...

Billy II engagea un nouveau chargeur dans le Dragunov.

— Descends ce putain de chauffeur, pensa-t-il en visant la partie droite du pare-brise du véhicule qui fonçait vers eux.

Dayo quitta lui aussi la protection du camion et tous deux ouvrirent le feu à l'unisson. Le Dragunov provoquait d'importants dégâts, crachant une demi-douzaine d'ogives à travers la vitre, juste au-dessus du volant.

Pourtant, le véhicule continuait de charger.

— Bousille-le ! s'encouragea Billy en larguant trois autres projectiles dans la même direction.

Chank, lui, faisait de son mieux avec son arme à courte portée, arrosant le pare-brise léger côté passager.

Le camion n'en conserva pas moins son élan, sans dévier de son axe ni même ralentir.

Les deux mercenaires réalisèrent au même instant ce qui se passait : l'habitacle du véhicule ne contenait plus que des cadavres à la tête éclatée, dont les morceaux de chair sanguinolente s'étaient éparpillés à l'intérieur de la cabine. Derrière le volant, le chauffeur, dans un spasme mortel, avait enfoncé la pédale d'accélérateur au plancher et conservé le pied dessus.

— Saute ! hurla Billy en plongeant deux secondes avant l'impact.

Dayo avait réagi plus vite que son compagnon, se relevant déjà de sa chute contrôlée lorsque les deux véhicules entrèrent en collision dans un formidable fracas de métal.

Le choc colossal envoya glisser le camion à l'arrêt sur plusieurs mètres et immobilisa immédiatement le véhicule adverse dont les portes, les roues et les hommes qu'il contenait furent projetés à l'extérieur.

Les soldats du KGB s'écrasèrent lourdement sur le sol. Certains restèrent immobiles, déjà morts, d'autres recommencèrent à tirer.

A cette distance, bien sûr, la lunette de visée n'était plus d'aucune utilité. Billy et Dayo devaient se contenter de tirer au jugé et de prier.

Dayo vida la moitié de son chargeur sur deux

tireurs couchés. Quelques secondes plus tard, les coups de feu ennemis cessèrent.

De nombreuses silhouettes noires gisaient sur le sol blanc. Aucun mouvement n'était perceptible, ni même une plainte.

— Tu vas vérifier ? demanda Chank.

La pensée d'être la cible d'un faux cadavre n'enthousiasmait aucun des deux SOBs.

— On tire à pile ou face.

— Je ne verrai pas la pièce d'où je suis.

— De toute façon, je dois pas en avoir. Alors choisis un chiffre entre un et dix.

— Tu rigoles ou quoi ?

— Non, vas-y, je vais tout de même pas rouler un vieux pote comme toi. Allez, choisis un chiffre.

— Six.

— Perdu.

— Mon cul !

— D'accord, on y va tous les deux, fit Billy, mais gaffe, garde bien les yeux ouverts. J'aimerais pas trop me faire canarder dans le dos.

— On y va.

Les deux mercenaires se redressèrent légèrement pour ramper jusqu'au premier groupe de cadavres qu'ils inspectèrent rapidement. Aucun pouls ne battait, aucune respiration n'était perceptible.

— Ça serait plutôt chouette s'ils étaient tous crevés et si on n'avait plus à s'inquiéter de rien, fit Billy en s'approchant d'un autre corps étendu sur le dos afin de lui prendre le pouls.

Le soldat du KGB n'était pas encore mort. Il attendit que l'Indien soit au contact avant d'agripper brusquement son pistolet automatique.

— Merde ! Merde ! cria Billy en s'éjectant en arrière au moment où l'arme crachait son venin.

L'ogive brûlante frôla de près son nez aquilin.

Dayo braqua la gueule de son AK vers le fumier et tira, le déchiquetant de l'aine au menton d'une dizaine de projectiles affamés.

— Bon sang ! fit Billy. J'ai horreur de ce genre de situation, ça me fout la chair de poule.

— On va procéder autrement, déclara Chank.

— Ouais, pourquoi pas ?

Tous deux se redressèrent complètement et commencèrent à tirer dans chaque cadavre ou soi-disant cadavre, ce qui eut pour effet de déclencher immédiatement le réveil de trois « morts » qui s'élancèrent vers l'abri des camions.

Ils ne parvinrent jamais à destination.

22

Liam O'Toole s'accrocha à la portière du camion, côté passager, et fit crépiter son AK en réponse au tir de barrage des types postés à l'entrée du camp. Les cahots du véhicule rendaient toute précision impossible.

L'Irlandais vida son chargeur d'une seule traite avant d'envoyer son arme à Lee qui lui en procura une autre, toute prête à rugir.

Plus ils se rapprochaient du camp et plus Liam faisait mouche. Des silhouettes commencèrent à prendre le large.

— Regardez-les cavaler ! cria O'Toole, regardez-moi ces connards se débiner comme des lapins !

Les SOBs amenaient l'enfer avec eux.

— On fonce dans le tas, Liam ! lança Barrabas. Serre les fesses !

Le rouquin se faufila par la fenêtre et plongea, tête la première, sur les genoux de Beck et de Leona Hatton au moment où le véhicule dépassait la première entrée en barbelés désintégrée par l'explosion. Le camion passa ensuite une seconde entrée, elle aussi ravagée, pour arriver dans la cour du goulag où Barrabas l'immobilisa. Des hommes dépenaillés filaient dans toutes les directions, couraient, claudiquaient, rampaient.

Une rafale de plomb vint alors cisailler le capot du camion.

— Dehors, vite ! Tirez-vous de là ! cria Barrabas en plongeant loin du véhicule avant de se redresser, l'AK-74 à la main.

Beck, Hatton et O'Toole avaient sauté de l'autre côté.

D'autres coups de feu crépitèrent. Barrabas en localisa la provenance : entre les deux bâtiments situés à l'arrière du camp. Puis il effectua un rapide décompte des soldats encore vivants. Sur les quinze hommes en poste dans le camp satellite, douze étaient déjà morts.

D'un signe de la main, il désigna à sa petite troupe l'emplacement des derniers défenseurs de la place et leur indiqua le plan d'attaque : pendant qu'ils avanceraient par la droite, lui s'infiltrerait à gauche. A moins qu'ils ne sachent voler, les hommes du KGB seraient faits comme des rats.

Les SOBs avançaient rapidement, obligeant les Soviétiques à se retrancher vers le côté du camp contrôlé par Barrabas qui les abattit d'une longue rafale rageuse.

Les trois mercenaires rejoignirent leur chef au moment où il rechargeait son arme.

— Putain de merde ! s'exclama Beck. Je ne pensais vraiment pas qu'on arriverait jusqu'ici indemne !

— On ferait mieux de se mettre au travail, inter-

rompit Lee en désignant les visages grimaçants derrière les fenêtres des baraquements. Il va falloir
retrouver notre homme parmi tous ceux-là.

Pour la première fois, Barrabas s'autorisa à
observer le camp comme autre chose qu'un champ
de bataille. Il avait déjà vu beaucoup de prisons, de
l'intérieur pour la plupart, mais aucune ne semblait
pire que Slash Un. Véritable bidonville sur un lit de
boue gelée. Une odeur de bois brûlé et d'ordures
imprégnait l'ilôt tout entier qu'habitaient de véritables épouvantails humains.

Barrabas se tourna vers ses mercenaires.

— Faites-les sortir des bâtiments ! ordonna-t-il.

Beck, Lee et O'Toole pénétrèrent dans les bâtis-
ses, mais leurs ordres ne furent compris par les
prisonniers tétanisés que lorsqu'ils firent feu vers le
plafond. Les hommes se regroupèrent au centre de
la cour, les yeux écarquillés comme des poupées.

— Dites-leur que nous ne leur voulons pas de
mal, dit Barrabas à Leona.

Pendant que la jeune femme parlait, il observa
que certains prisonniers se portaient bien mieux que
d'autres, et se tenaient bizarrement à l'arrière du
rassemblement.

— Demandez-leur où se trouve Anatoly Léonov.

Lee répéta la question à laquelle aucune réponse
ne fut donnée.

— Dites-leur que nous sommes ses amis.

Leona transmit aussitôt le message.

Une main se leva alors au fond du groupe. Une
main ferme et charnue.

— Je sais où il se trouve, déclara le prisonnier en russe.

— Qu'il vienne par ici, demanda Barrabas.

Une rumeur traversa la foule au moment où Kruzhkov se frayait un passage jusqu'aux mercenaires. Le « privilégié » annonça son nom et affirma qu'il savait où trouver son « cher ami » Léonov.

Les grognements des prisonniers s'intensifièrent.

— Par ici, invita Kruzhkov.

Les SOBs, suivis des prisonniers, s'engagèrent derrière lui. Ils n'eurent pas à aller bien loin, Anatoly Léonov était recroquevillé à proximité d'une baraque.

Lee Hatton se pencha au-dessus du mourant décharné, lui tâta le pouls.

— Il vit, Nile, mais dans quel état !...

Utilisant le peu de russe qu'il connaissait, Barrabas s'adressa à l'assemblée :

— C'est bien Anatoly Léonov ?

Ses paroles étaient claires et compréhensibles. Tous opinèrent de la tête ou acquiescèrent par un grognement.

Le prisonnier grassouillet qui avait découvert le scientifique s'agenouilla à côté de Lee.

— Si vous le libérez, vous devez m'emmener aussi, nous sommes de très grands amis.

— Menteur ! cria quelqu'un dans le groupe.

— Salaud !

— Fumier !

Léonov ouvrit les yeux pour rencontrer le visage de Leona en partie enveloppé par la capuche blanche de camouflage.

— Vous êtes un ange ? murmura-t-il.

— Cher camarade, dit Kruzhkov, tu dois me remercier pour t'avoir sauvé la vie. J'ai conduit les libérateurs jusqu'à toi. Il faut leur dire de m'emmener avec toi.

Il y eut alors une réaction soudaine et unanime parmi les prisonniers de conscience. La rage, la colère issues de tant de mois et d'années de souffrance déformèrent leurs visages et tous se ruèrent en masse sur Kruzhkov avant même que les SOBs aient eu le temps de réagir.

— Arrêtez ! Arrêtez ou je tire ! fit Leona en braquant le canon de son arme vers les prisonniers enragés.

— Alors tirez ! rétorqua l'un deux, donnez-nous une mort propre et rapide !

Kruzhkov criait au milieu de la mêlée, pressé par les corps endiablés. Des bâtons furent glissés entre les mains furieuses et bientôt, le « priviligié » hurla de douleur sous les coups vengeurs.

— Ils sont en train de le tuer, fit Lee.

Elle n'avait pas plutôt terminé sa phrase que les coups cessèrent, contrairement aux cris de la victime.

— Reculez ! ordonna-t-elle en écartant les corps fiévreux qui finirent par se disperser.

Kruzhkov était étendu sur le sol glacé, les jambes pliées au niveau des genoux, dans le mauvais sens.

— Mon Dieu ! Ils lui ont fracassé les deux rotules, fit Lee. Il ne pourra plus jamais marcher.

— Il ne pourra plus tuer non plus ! cria un prisonnier.

— Ni manger d'autres hommes, ajouta un autre.

La jeune femme dut faire un effort pour comprendre. Barrabas souleva Léonov dans ses bras.

— C'est la dernière fois que vous voyez cet endroit, lui annonça-t-il.

Le scientifique s'efforça de sortir de son délire.

— Non ! Je ne peux pas partir ! protesta-t-il en anglais. Je ne peux pas laisser mes frères ici.

Barrabas jeta un regard incrédule à Lee Hatton.

— Si vous ne les emmenez pas, laissez-moi par terre, continua Léonov. Je choisis de mourir avec eux.

— Nous avons de la place, Nile, fit observer Leona.

— Pour tout le monde ? interrogea Beck en observant la légion d'affamés et de pouilleux.

— Pas pour tout le monde, confirma Barrabas. S'il y a d'autres ordures comme notre « Cher camarade Kruzhkov », ils resteront sur place.

— Comment savoir quel prisonnier mérite la liberté ? demanda Lee au scientifique.

Ce dernier émit un sourire distant.

— Ne prenez que ceux qui sont maigres, rétorqua-t-il. Uniquement les maigres...

Puis il sombra dans l'inconscience.

— Il est de plus en plus faible, prévint Lee. Nous devons le conduire rapidement dans l'avion, sinon, nous le perdrons à coup sûr. Et il ne faut pas traîner ici...

— Okay, Doc, rétorqua Barrabas en emportant le corps à l'arrière du camion.

— Beck, O'Toole, interpella-t-il ensuite. Occupez-vous de trier les prisonniers, veillez à ce qu'il n'en reste aucun de trop faible pour marcher. Dégrouillez-vous !

— Allez les gars ! fit Liam à l'assemblée d'épouvantails. Montrez-nous vos os !

Neuf autres hommes prirent place à côté de Léonov ou furent allongés auprès de lui lorsqu'ils étaient trop faibles.

Beck enferma ceux qui restaient, les plus gras, dans la bâtisse principale.

Barrabas effectua une marche arrière, sortit du goulag et reprit la route qu'ils avaient empruntée pour venir, O'Toole à ses côtés, Beck et Hatton à l'arrière pour aider de leur mieux les blessés.

— Dites-moi la vérité, colonel ! interrogea Liam. Vous pensiez vraiment qu'on arriverait aussi loin ?

Barrabas fit prendre de la vitesse au camion avant de répondre :

— Ouais, aussi loin... Mais rien n'est fini.

23

Le major Grabischenko décrocha le téléphone au bout de la douzième sonnerie et répondit par un grognement guttural.

— C'est bien vous, Yevgeny ? prononça une voix familière.

Le dirigeant du GRU s'assit bien droit dans son lit. Une brusque montée d'adrénaline lui ôta toute fatigue du corps.

— Yevgeny, c'est Viktor. Viktor Volkopyalov.

Grabischenko l'avait déjà deviné.

— Je suis désolé de vous réveiller à cette heure tardive, mais nous avons eu des nouvelles importantes d'Ust Tavda, et j'ai pensé que vous voudriez les entendre dès que possible.

— Oui ? fit-il en fermant les yeux.

— Il semblerait que votre petit arrivage de l'Ouest ait disparu.

La colère de Grabischenko explosa :

— Impossible ! lâcha-t-il, ils étaient gardés par quinze de nos meilleurs *Spetsnaz*. Il doit y avoir une erreur.

— En effet, rétorqua la grosse légume du KGB, sans chercher à dissimuler sa joie. Et l'erreur, j'en ai bien peur, vient de vous.

— Qu'est-ce que ça signifie ?

— Ils ont trouvé vos exceptionnels soldats il y a maintenant une demi-heure. Tous morts. Et les personnes qu'ils étaient supposés surveiller se trouvaient déjà loin.

— Tous morts !

— Oh, non, je m'excuse, il y avait un survivant. Votre ami, le capitaine Balandin.

Grabischenko laissa échapper un soupir de soulagement.

— Il a cependant laissé quelques plumes dans cette affaire, continua Volkopyalov. Ils l'ont châtré.

Le chef du GRU eut l'impression que son cœur s'arrêtait de battre.

— Il y a encore beaucoup de choses à raconter, mais mes supérieurs pensent que vous devriez venir les écouter sur place. Ne nous obligez pas à venir vous chercher. C'est trop peu digne. Soyez dans mon bureau dans vingt-cinq minutes.

Le dirigeant du KGB raccrocha.

Grabischenko resta assis, immobile, sidéré par ce qu'il venait d'entendre. Ça ne pouvait pas être vrai. C'était une plaisanterie perverse de Viktor. Si c'était la vérité, sa vie privilégiée était terminée, sa carrière prendrait fin dans un horrible déshonneur, dans la honte totale.

Il tourna les yeux vers sa jeune et jolie femme endormie à côté de lui. Combien de temps la garderait-il s'il était exilé ? Le suivrait-elle jusqu'en Sibérie ? Il n'aimait pas les réponses qu'il se donnait. De toute façon, les questions étaient naïves : ils ne l'enverraient pas en Sibérie, ils l'impliqueraient dans une conspiration fictive contre l'Etat, l'exécuteraient et descendraient autant de ses amis du GRU qu'ils le pourraient.

Il tenta de combattre la panique qui s'emparait de lui.

Sois logique, pensa-t-il. Jusqu'où les informations du KGB étaient-elles valables ? Ust Tavda se trouvait très loin de Moscou. A moins d'une confirmation officielle ou d'un rapport effectué par une personne à la réputation impeccable, le KGB n'agirait pas. Peut-être n'avaient-ils récupéré que les bribes d'un petit scandale et l'utilisaient-ils pour le paniquer ?

Grabischenko se glissa hors du lit, commença à s'habiller. Cette affaire devait avoir une explication rationnelle et il allait la découvrir.

24

Barrabas lança le camion à son maximum lorsque des coups de feu en provenance du camp principal commencèrent à claquer.

Les projectiles martelaient le toit de la cabine, traversaient parfois le pare-brise étoilé, mais ni Barrabas ni son passager irlandais ne sourcillèrent.

— Tu as l'air de prendre tout ça très calmement, fit Barrabas à O'Toole.

— Colonel, s'il y avait un meilleur endroit où aller, soyez bien sûr que je serais le premier à m'y rendre.

— Je suis bien d'accord avec toi.

— J'ai l'impression que nous ralentissons ?

— C'est à cause de la montée, mais aussi de tout le plomb que ce taco a avalé dans la dernière demi-heure.

O'Toole ricana. Il plaqua le canon de son AK contre sa portière et largua quelques balles au jugé en direction de leurs agresseurs.

— Ils sont trop bien protégés, dit-il, je n'arrive pas à les distinguer.

— La situation a tout de même un côté positif. Ils ont tellement la trouille de rejoindre leurs défunts camarades qu'ils tirent n'importe comment.

— On devrait s'arrêter une seconde, annonça Liam. Je crois que je peux avoir la tour radio d'ici.

Barrabas bloqua les freins et O'Toole se pencha par la vitre avec son RPG. La roquette fila en direction du camp pour venir s'écraser contre la base de la tour et le petit bâtiment qui la supportait. Les deux constructions explosèrent dans une extrême violence.

— L'ultime brouillage, commenta Liam en reprenant sa place.

Barrabas enfonça l'accélérateur, forçant le poids lourd à reprendre de la vitesse. Lorsqu'il arriva sur la route menant à la piste d'atterrissage, il braqua sèchement le volant, présentant momentanément le flanc du véhicule aux armes du camp principal.

— On dirait que Billy et Chank ont eu quelques problèmes, fit O'Toole.

Deux silhouettes émergèrent de derrière les véhicules écrasés. L'une était grande, l'autre trapue.

— Il semble aussi qu'ils aient su les surmonter, ajouta Barrabas en immobilisant son camion au niveau des deux épaves.

— Content de revoir ton horrible trogne, O'Toole, annonça Billy. Pousse-toi un peu et tirons-nous de cet enfer.

L'Irlandais se déplaça de quelques centimètres et le véhicule embarqua deux autres passagers : un Osage-Navajo dans l'habitacle et un Inuit de pure souche sur le marche-pied.

— Vous l'avez ? demanda Billy. Vous avez trouvé le type qu'on est venu chercher ?

Barrabas opina de la tête et gara bientôt le poids lourd sous la porte ouverte de L'Ilyushin.

— Tout le monde dehors ! annonça-t-il. Billy et Chank, allez donner un coup de main aux autres derrière.

Starfoot contourna le véhicule et souleva la grosse bâche pour rester sans voix pendant quelques secondes.

— Qui sont tous ces types ? réussit-il enfin à prononcer. Vous parlez de pouilleux ! J'ai comme l'impression qu'on est en train de monter notre propre armée du salut.

— C'est à peu près ça, déclara Lee en aidant à sortir un des prisonniers de conscience. Nous sommes leur seule chance. Conduisez-les dans l'avion aussi vite et aussi prudemment que possible. Certains sont vraiment dans un très mauvais état.

Les mercenaires s'empressèrent de transférer les pauvres bougres. Lee s'assura qu'ils étaient confortablement installés et calés dans leurs sièges de cabine, vérifia les ceintures de sécurité et fit rapidement l'inventaire des blessures au fur et à mesure qu'ils étaient hissés dans l'appareil.

Il restait encore trois hommes à transporter lorsque des coups de feu éclatèrent de nouveau depuis le camp de la colline. Il s'agissait d'une grosse mitrailleuse telle que celles qu'ils avaient déjà détruites dans les tours.

Les projectiles glissaient en sifflant sous l'avion, effleuraient les trains d'atterrissage, martelaient l'aluminium du fuselage.

Les SOBs plongèrent derrière la protection sommaire du poids lourd.

— Regardez, colonel ! fit O'Toole, ils ont sorti la mitrailleuse de la tour pour la placer devant la porte.

— On ne pourra pas supporter ça longtemps, déclara Beck.

— Il reste une dernière roquette de RPG, annonça Billy II, laissez-moi tenter le coup.

— C'est pas la solution, Peau Rouge, observa Liam. L'angle de tir est mauvais. Ce qu'il te faudrait c'est un lanceur M 79.

— Merci pour l'information, rétorqua Billy, mais nous n'avons pas de M79. Colonel, je peux trouver la ligne de tir convenable si je grimpe le long de la colline.

Tandis qu'ils discutaient, d'autres balles continuaient sporadiquemment de marteler le fuselage de l'Ilyushin.

— C'est bon. Fais-le, mais fais-le très vite ! accorda Barrabas.

L'Indien opina, sortit le RPG du camion et trottina prudemment en direction du camp.

— C'est du gâteau, pensa Billy en traversant l'espace découvert.

Derrière la mitrailleuse, les tireurs le laissèrent se rapprocher davantage avant de le prendre pour cible. Eux aussi étaient au courant des angles de tir.

Billy avait déjà choisi son poste d'attaque qui n'était plus qu'à une trentaine de mètres. Ce fut alors que la mitrailleuse se mit à cracher dans sa direction. Des morceaux de glace et de terre furent projetés par l'impact des projectiles tout autour de lui.

Il n'avait pas le choix. Il lui était impossible d'aller plus loin, les Soviétiques ne lui concéderaient plus un seul centimètre.

Il redescendit de quelques pas, s'aplatit sur le sol et épaula son RPG, décidé à tenter le tout pour le tout. La roquette fila pour toucher le haut de la palissade, juste au-dessus de la position de la mitrailleuse. Les tireurs avaient tout au plus perçu quelques éclats de bois.

L'Indien émit un juron et tailla la route vers ses compagnons. Brusquement, quelque chose de brûlant parut lui déchirer le mollet droit. L'impact le fit tomber sur les fesses où il glissa encore de quelques mètres avant de s'arrêter pour rester immobile sur le dos. Sa blessure devait être mauvaise. Il n'avait pas encore mal, parce que c'était encore tout chaud, mais la douleur n'allait pas tarder.

— Bon sang, ils l'ont eu ! s'exclama Beck, Billy est touché !

Barrabas observait la silhouette inerte, coincée au milieu d'un tourbillon de plomb.

— Fils de putes ! grogna-t-il hargneusement en bondissant du toit de la cabine pour se lancer au secours de l'Indien.

Les tireurs n'attendaient qu'une action de la sorte de la part de leurs ennemis. Déjà, leur arme était prête.

Une muraille de balles coupa l'élan de Barrabas, l'obligeant à reculer.

— Salauds ! hurla-t-il, défiant la pluie infernale.

Liam plongea vers le colonel, le faucha au niveau

des genoux pour le plaquer au sol tandis que les projectiles hurlants lui effleuraient le dos.

— Tire-toi de là, O'Toole ! ordonna Barrabas. Aucun de nous ne restera derrière, aucun de nous vivant !

— On ne peut s'approcher de lui.

— Pousse-toi. Ne m'oblige pas à te faire dégager moi-même.

— Colonel, vous n'avez pas toute votre raison, fit Liam.

Beck venait de se glisser auprès d'eux :

— Doc l'a bien observé à travers les jumelles, annonça-t-il. Elle a dit qu'il ne respirait plus et qu'il était plein de sang.

— Elle pense aussi qu'il a son compte ? demanda Barrabas.

— C'est ce qu'elle croit en effet.

D'autres projectiles continuaient à les harceler, sifflant au-dessus de leurs têtes pour s'écraser contre le ventre de l'avion.

— On va tous finir comme lui si on reste ici plus longtemps, ajouta O'Toole.

— Bon Dieu de merde, Liam, tire-toi de là !

La résignation, la colère et la peine imprégnaient la voix du grand mercenaire. Nile Barrabas ne tournait jamais le dos au devoir.

O'Toole le libéra.

— Montez les derniers prisonniers dans l'appareil et partons d'ici avant que quelqu'un d'autre ne ramasse du plomb de ses ordures.

Chank avait observé toute la scène depuis la cabine de pilotage. Les larmes se mirent à couler le long de ses grosses joues. Il venait de revivre sa vision, mais son interprétation était erronée depuis le début : Au lieu de voir sa propre mort, il avait vécu celle de son ami, son « sacré pote ».

Sa joie de ne pas être mort lui-même le rendait honteux. C'était un sentiment naturel mais qu'il méprisait dans la situation présente.

Dayo prépara l'Ilyushin au décollage.

Peut-être, pensa-t-il, qu'un homme ne peut jamais voir sa propre mort à l'avance. Peut-être est-ce le seul secret qui nous soit refusé jusqu'au dernier moment ? La dernière blague sans aucune audience pour l'entendre.

Il lança les moteurs et l'oiseau métallique progressa lourdement sur la piste.

— Repose en paix, mon ami, en paix.

25

Grabischenko était entouré par des ennemis bien plus puissants que lui. La situation était grave, il n'y avait aucun doute là-dessus. Les rapports en provenance d'Ust Tavda le prouvaient tristement, et Volkopyalov jouissait de chaque minute de la situation.

— Il serait peut-être temps d'informer le major Grabischenko de la nouvelle découverte, prononça sarcastiquement l'homme du KGB.

L'accord fut unanime autour de la table ovale.

— Cela concerne le système électronique livré par les amis américains du GRU.

— De quoi s'agit-il ? demanda Grabischenko. N'est-il pas opérationnel ?

— Oh si ! Apparemment, il fonctionne comme convenu.

— Alors où est le problème ?

— Le problème est que vos amis ont utilisé l'installation du processeur comme prétexte pour avoir accès à l'ordinateur de l'usine. Nous n'en avons pas encore acquis la certitude, mais ils ont dû prévoir le blocage du système et l'effacement de la mémoire de l'ordinateur. On peut très bien supposer que l'usine sera hors service pendant six ou huit mois, jusqu'à ce que la cause exacte de la détérioration soit découverte.

— Tout cela n'est qu'une supposition ! grogna Grabischenko. Vous ne connaissez pas la cause. Il pourrait s'agir de coïncidences. De plus, il n'y a aucune preuve. Qui vous dit que ce sont les Américains qui ont abattu les soldats ? Il peut très bien s'agir de nos propres hommes. Je n'ai pas besoin de vous rappeler les actions à base de violence qui ont été récemment opérées pour favoriser la montée d'un homme au pouvoir.

— Ou favoriser la richesse, ajouta Volkopyalov. Combien les Etats-Unis vous ont-ils payé pour que vous les aidiez à saboter l'usine d'Ust Tavda ?

— Vous dites n'importe quoi ! rétorqua Grabischenko, le dos en sueur.

S'il y avait une traîtrise dans l'affaire, un homme, à Rio, possédant dix millions en diamants n'y était sûrement pas étranger.

— Je souhaiterais faire un appel téléphonique à l'Ouest, annonça le gros ponte du GRU.

J. Cruikshank savait reconnaître un ou plusieurs hommes du GRU quand il en croisait. Il savait également que s'ils voulaient le voir, une porte verrouillée ne serait en rien un élément dissuasif.

Il recula son œil du judas, ajusta la ceinture de son peignoire et ouvrit la porte.

— Oui, que puis-je faire pour vous ?

Les deux hommes du GRU étaient des stéréotypes du genre : cheveux châtains coupés en brosse, solidement bâtis, et richement vêtus de leurs costumes tropicaux. Ils pénétrèrent d'office dans la pièce.

— Il y a eu un petit problème avec votre produit, déclara l'un des deux inconnus. Nos employeurs veulent faire respecter la garantie en récupérant les diamants.

Cruikshank pâlit brusquement.

— Hé ! Attendez une minute, fit-il en plaçant ses bras maigres devant lui. Avant de rendre les diamants, je veux vérifier que ma marchandise est vraiment défectueuse. Et pour ça, je dois la voir.

Il savait que sa réponse était parfaitement stupide.

— Impossible, où sont les diamants ?

— Ecoutez, j'ai travaillé de nombreuses fois avec votre major Grabischenko. Il n'est sûrement pas averti de...

— Nous agissons sous les ordres du major. Maintenant, les diamants, sinon, nous serons contraints d'utiliser la force.

Cruikshank connaissait les manières du GRU. Il n'avait aucun intérêt à perdre un œil ou un rein, ni à se retrouver paralysé à vie. Peu importait la somme en jeu. Toute cette histoire ne tenait certainement qu'à un malentendu. Les Soviétiques avaient bigrement besoin de lui et viendraient tôt ou tard le relancer, une fois le calme retrouvé.

— Ils sont dans le coffre, derrière le miroir, annonça-t-il.

— Ouvrez-le.

Cruikshank fit glisser le miroir sur le côté et composa la combinaison d'ouverture. Lorsque le déclic se fit entendre, il s'écarta.

— J'ai dit ouvrez-le, insista l'homme du GRU. Ouvrez-le et poussez-vous.

Cruikshank fit ce qu'on lui demandait.

L'autre type s'empara de la mallette et vérifia son contenu.

— Les pierres sont toutes là ?

— Oui, bien sûr, rétorqua Cruikshank.

— Parfait.

Le type referma la mallette et les deux Soviétiques agrippèrent le trafiquant par le bras.

— Hey ! Arrêtez, qu'est-ce que vous faites ? protesta-t-il tandis qu'on l'entraînait vers le petit balcon de la chambre.

— Il paraît que vous avez une vue formidable d'ici, grinça un des hommes.

Cruikshank se débattit de toutes ses forces lorsqu'il réalisa le sort qu'on lui réservait. Mais tous ses tortillements ne servirent à rien. Alors, il se mit à hurler.

Sa petite promenade allait durer exactement dix-neuf étages.

26

L'Ilyushin II-14 progressait à basse altitude avec une lenteur exaspérante. Il vola en direction de l'Oural puis vira à l'Ouest à la vitesse de trois cent vingt kilomètres à l'heure. Plus les SOBs se rapprochaient de leur but et moins ils avaient l'impression d'avancer, ce qui intensifia la nervosité du petit groupe.

Quatre heures et demie venaient de passer sans aucun autre contact, sans aucune provocation ni poursuite. C'était trop beau pour être vrai.

Barrabas scrutait le paysage depuis le siège du copilote. Dayo n'aurait pas pu voler plus bas sans risquer de toucher la cime des arbres, ni emprunter un axe plus direct. Il n'y avait eu aucun problème à éviter Leningrad en la contournant par le sud. Barrabas savait que les AWACS TU-126 soviétiques patrouillaient dans le voisinage. Il y avait aussi des centres tactiques qui pouvaient à tout moment faire intervenir des missiles sol-air, ou les forces aériennes frontalières. Le seul réel espoir des SOBs était de quitter l'espace aérien soviétique aussi vite que possible et avant que la nouvelle de leur coup de main ne soit répandue dans tout le pays.

Ce qui était peut-être déjà fait.

— Qu'en pensez-vous, colonel ? fit Liam O'Toole.

— Je ne sais pas, rétorqua évasivement Barrabas.

Ils filaient en direction du Golfe de Finlande formant une bande gris argenté à l'horizon. A l'est, le ciel était lentement baigné par la lumière du soleil levant.

— Il n'y a qu'une explication, observa Nate Beck.

— Et elle n'est sûrement pas imputable à la chance, coupa Dayo.

— Ni à ta façon de piloter, aussi bonne soit-elle, ajouta Barrabas. Quelqu'un en bas doit nous aimer. Le meilleur système de défense aérien au monde ne ferait pas deux fois la même erreur en cinq heures. On nous a laissés un feu vert de sortie.

— Après tout ce que nous avons fait ? s'exclama Liam.

— Qu'est-ce que nous avons fait ? fit Barrabas en fronçant les sourcils, et pour qui l'avons-nous fait ? Je croyais le savoir. Maintenant, je n'en suis plus très sûr.

— Si nous réussissons à nous enfuir, ça va embarrasser un bon nombre de gros bonnets...

— C'est vrai, enchérit Beck. La hiérarchie des deux services secrets soviétiques sera durement secouée. Parmi les plus puissants, beaucoup perdront leur travail, sans parler de leurs têtes. Ça laissera pas mal de place au sommet pour ceux qui resteront. Les plus jeunes, les plus ambitieux, les plus impitoyables.

— En d'autres termes, ajouta O'Toole, on se sert de nous comme de marionnettes.

— Peut-être, expliqua Barrabas. C'est plutôt que nous sommes arrivés dans le bon plat au bon moment pour certains. Ceux qui nous laissent partir sont prêts à saisir l'opportunité offerte par notre petite entreprise.

L'Ilyushin laissait derrière lui la terre russe pour continuer au nord, à travers le golfe, vers la côte finlandaise.

— On est en train de s'en sortir, annonça Dayo alors que l'avion survolait le centre du golfe, la dernière limite avant la liberté.

— En tout cas, ça n'est pas une partie de plaisir pour Léonov, fit Leona Hatton en entrant dans la cabine. En plus de ses mauvaises blessures et de l'infection, il est salement gelé à certains endroits.

— Est-il revenu à lui ? demanda Barrabas.

— La fièvre le fait délirer. Je lui ai administré un sédatif, mais c'est encore trop tôt pour qu'il agisse.

— Faites ce que vous pouvez pour lui, continua Barrabas. Ça ne sera plus bien long à présent. Une fois que nous aurons atterri à Helsinki, cette affaire ne sera plus de votre ressort.

27

La faible lumière de l'hiver perçait à travers la fenêtre à côté de Grabischenko, éclairant les visages suffisants de ses ennemis politiques. Ceux-ci se glissaient des petits papiers et échangeaient des secrets dans un murmure envahissant. La nuit avait été longue et terrible, d'accusations en contre-accusations, de rivalités et de joutes oratoires. Une longue nuit solitaire. Il avait été coupé de sa propre organisation, de ses sources d'informations personnelles, des boucs émissaires potentiels, livré à lui-même devant la menace du KGB. Sa fatigue physique et mentale atteignait presque son maximum. Les tasses de café fort n'avaient à présent plus aucun effet sur lui, et l'épreuve n'était pas encore terminée.

Viktor Volkopyalov décrocha un téléphone mural. Le coin de ses lèvres se crispait tandis qu'il tentait de contrôler une envie soudaine de sourire.

— Messieurs, fit-il après avoir raccroché le combiné, nous avons encore d'autres nouvelles.

Tous les yeux se tournèrent vers lui.

— Un appel de détresse a été lancé à 23 h 52, la nuit dernière. Il n'a été formulé qu'une fois et provenait de notre appareil volé.

— Alors, ils se sont écrasés ? demanda Grabischenko.

Volkopyalov ne put retenir davantage son sourire de satisfaction.

— Non, continua-t-il, ils ont atterri sur la petite piste proche du goulag Tarkotovo.

Le dirigeant du GRU lui renvoya un regard sceptique.

— Grâce à l'utilisation d'armes automatiques et de roquettes de modèle soviétique, ils ont effectué une attaque couronnée de succès dans le camp principal et assassiné la plupart du personnel de la prison.

— Des armes soviétiques ! s'exclama Grabischenko. Comment ont-ils pu se les procurer ?

— C'est précisément ce que le KGB essaie de savoir, continua Volkopyalov.

Une rage grandissante envahissait Grabischenko. Ils tentaient de le faire craquer.

— Et le but de cette attaque ? demanda-t-il.

— Comme le savent tous mes collègues, expliqua l'homme du KGB, il y a un camp satellite à proximité du goulag Tarkotovo. Les prisonniers y subissent un régime spécial. L'un d'eux s'y trouvait pour des raisons politiques : Anatoly Léonov...

— S'y trouvait ? interrompit Grabischenko.

Volkopyalov opina de la tête.

— Vos mercenaires ont également attaqué le camp satellite et ont libéré un certain nombre de prisonniers de conscience. Parmi eux se trouvait un de nos plus distingués dissidents.

— Ils n'auraient pas pu s'enfuir comme ça, grinça Grabischenko. Ils ont certainement été abattus par nos défenses frontalières !

Le regard de son ancien ami lui suffit pour toute réponse.

— Vous les avez laissés sortir, espèce de salaud ! aboya soudain Grabischenko. Je parie que vous n'avez même pas alerté les intercepteurs. Vous leur avez facilité le passage jusqu'au bout... Salaud !

— Malheureusement, il était trop tard pour agir contre eux, expliqua Volkopyalov. Si vous nous aviez avertis plus tôt, nous aurions pu éviter leur évasion. C'est votre couardise qui a permis leur succès. Vous avez eu peur de vous confesser, n'est-ce pas ?

— Je n'ai rien à confesser ! Je n'ai rien fait !

Les gros pontes du KGB se consultèrent rapidement, puis Volkopyalov s'adressa à Grabischenko à la manière d'un juge prêt à annoncer une sentence de mort :

— Vous allez retourner chez vous sous escorte, et resterez là jusqu'à ce qu'on vous appelle pour le procès. Il ne vous sera autorisé aucun contact avec les membres du GRU. Vous pouvez partir.

Grabischenko quitta la pièce en traînant les pieds entouré par une escouade de soldats armés qui l'accompagnèrent jusqu'à la limousine. Il s'installa sur la confortable banquette arrière et le chauffeur lança le véhicule sur la route. Des voitures du KGB l'encadraient devant et derrière.

C'en était fini.

Des années de service, d'efforts, de sacrifice. Pour rien. Volkopyalov et les autres l'avaient bien piégé... Ils allaient le rendre responsable des armes volées, de la préparation du plan, de toute l'affaire. Il deviendrait le cerveau de toute l'entreprise, celui qui avait tout dirigé. On le montrerait en public pour l'humilier, et plus le procès approcherait, plus il serait couvert de honte. Il ne pouvait pas accepter ça. Il ne leur donnerait pas ce spectacle.

Grabischenko eut un sourire amer. Il frappa légèrement à la vitre qui le séparait du chauffeur. Celui-ci jeta un coup d'œil dans son rétroviseur intérieur et actionna l'ouverture de la vitre.

— Pavel, fit Grabischenko. Donne-moi ton pistolet.

Le chauffeur tira de sa veste un Stechkin 9mm automatique qu'il lui tendit à travers la séparation.

— Referme la vitre, ordonna Grabischenko.

Au moment où la vitre remontait, Grabischenko ôta la sécurité de l'arme, ferma les yeux et enfonça la gueule du pistolet dans sa boche.

Le goût amer de l'huile lui agressa la langue, puis il pressa la détente.

28

— C'est pour tout de suite, fit Jessup en réglant le volume du poste de télévision.

Nile Barrabas releva les yeux sur la coupe de Dom Pérignon qu'il venait de se servir. Le visage qui remplissait l'écran appartenait au dissident soviétique nouvellement libéré, Anatoly Léonov. Barrabas contourna le bar de l'appartement de South Kensington pour se placer devant le téléviseur.

Léonov ouvrit la bouche pour entamer son discours. Aucun mot, pourtant, ne franchit ses lèvres. Aucun mot cohérent et intelligible. Des dizaines de millions de téléspectateurs purent entendre une étrange suite de sons parfois gutturaux, parfois sifflants, qui ressemblaient beaucoup plus à des cris d'animaux qu'à une voix humaine.

Des sons inarticulés.

— Mon Dieu ! soupira Jessup.

Peut-être que dans un recoin non atteint de son esprit, le scientifique réalisait qu'il délirait car ses efforts désespérés pour communiquer s'intensifiaient. Le résultat n'en était que plus horrible : cris perçants, gestes incontrôlés et larmes de douleur qui coulaient comme des rivières sur ses joues crevassées.

— Les enculés ! fit Jessup. Ils ne pouvaient pas attendre avant de l'exhiber, de montrer leur trophée ! Leur symbole de liberté ! On se croirait dans une fête foraine, c'est grotesque, monstrueux !

Barrabas scrutait l'image électronique du visage tourmenté. Il entendit les rires de l'équipe de télévision tandis que Léonov délirait devant leurs yeux. Léonov criait, hurlait, sa bouche ouverte remplissait tout l'écran. Il bavait comme un enfant.

Et c'était pour ça que les SOBs avaient traversé l'enfer ? Pour ça que William Starfoot avait sacrifié sa vie ? Barrabas liquida sa coupe de Dom Pérignon et se leva. Se dirigeant vers la sortie de l'appartement. C'en était assez. Il ne voulait, il ne pouvait en voir plus.

29

A son réveil, Billy II se retrouva dans une pièce entièrement blanche, couché sur le dos dans un lit blanc. Il essaya de bouger et n'y parvint pas. Sa jambe droite était prise dans le plâtre, de la cheville jusqu'à la hanche. Ce n'était pourtant pas l'unique raison de son immobilité : il y avait les sangles qui lui encerclaient la poitrine, les jambes, le milieu du corps.

D'épaisses lanières de cuir le maintenaient cloué sur son lit.

Sa faiblesse fit rapidement échouer ses tentatives pour s'en défaire. Ses moindres efforts lui occasionnaient des sueurs froides.

Lorsque son esprit s'éclaircit, il essaya de se rappeler ce qui lui était arrivé. Plus il tentait de se souvenir, plus sa mémoire semblait s'enfuir et plus le vertige s'emparait de lui.

— Je dois être bourré de médicaments, pensa-t-il au bout de quelques minutes. Personne n'a jamais été dans un tel brouillard pour une jambe bousillée.

La porte de la chambre s'ouvrit enfin sur un infir-

mier vêtu de gris et poussant un chariot métallique :
sur le plateau avait été disposée une grosse boule de
coton, une petite bouteille de liquide rose et une
seringue hypodermique.

— Hé, mon pote ! fit Billy II. J'ai plus besoin de
tout ça. Je suis réveillé, j'ai plus besoin des sangles
non plus. Je risque pas de tomber du lit.

L'infirmier l'ignora, posa le plateau sur une table
blanche émaillée et commença à remplir la seringue.

— Hey ! t'as entendu ? insista l'Indien. Cette
foutue drogue n'est plus nécessaire.

L'infirmier s'approcha de lui, le coton dans la
main, la seringue dans l'autre.

Billy tenta de se débarrasser des sangles.

— Espèce de salopard d'enculé ! Je veux un docteur ! Un docteur, t'entends ?

L'aiguille s'enfonça dans son bras.

L'infirmier poussa le liquide et prononça quelques mots.

— Quoi ? interrogea Billy.

L'homme répéta ce qu'il avait dit. Billy ne comprit pas mieux que la première fois, mais il réalisa
brusquement quel était le problème : l'infirmier
parlait en russe.

Ce fut pour lui la clé des portes de sa mémoire.
Celle-ci lui revint en un dixième de seconde. Aussi
rapidement que l'effet de la drogue affluant dans
son esprit.

— Oh merde ! lâcha-t-il.

Puis, la pièce entière devint noire.

Achevé d'imprimer en décembre 1985
sur les presses de l'imprimerie Bussière
à Saint-Amand (Cher)

— Nº d'imprimeur : 3213. —
— Nº d'éditeur : 898. —
Dépôt légal : janvier 1986.

Imprimé en France